KB269475

송현우 판타지 장편 소설

카디날 랩소디

Rhapsody Of Cardinal

FANTASY FRONTIER SPIRIT

카디날 랩소디 5

송현우 판타지 장편 소설

초판 1쇄 찍은 날 § 2009년 5월 7일
초판 1쇄 펴낸 날 § 2009년 5월 13일

지은이 § 송현우
펴낸이 § 서경석

편집장 § 문혜영
편집책임 § 정서진
편집 § 문정흠

펴낸곳 § 도서출판 청어람
등록번호 § 제1081-1-89호
등록일자 § 1999. 5. 31
어람번호 § 제1-1049호

주소 § 경기도 부천시 원미구 심곡2동 163-2 서경B/D 3F (우) 420-822
전화 § 032-656-4452 팩스 § 032-656-4453
http://www.chungeoram.com
E-mail § eoram99@chollian.net

© 송현우, 2008

ISBN 978-89-251-1793-5 04810
ISBN 978-89-251-1219-0 (세트)

※ 파본은 구입하신 서점에서 교환하여 드립니다.
※ 저자와 협의하여 인지를 붙이지 않습니다.
※ 이 책은 도서출판 청어람과 저작자의 계약에 의해 출판된 것이므로,
무단 전재 및 유포 · 공유를 금합니다.

송현우 판타지 장편 소설

5

A cardinal is a high-ranking priest in the Catholic church. N-COUNT; N-TITLE In 1448, Nicholas was appointed a cardinal... Guardian They were encouraged by a promise from Cardinal Winning. changed for Cobuild3 2 A cardinal rule or quality is the one that is considered to be...

[완결]

Rhapsody Of Cardinal

카디날 랩소디

[야망의 성지]

FANTASY FRONTIER SPIRIT

도서출판 청어람

Chapter

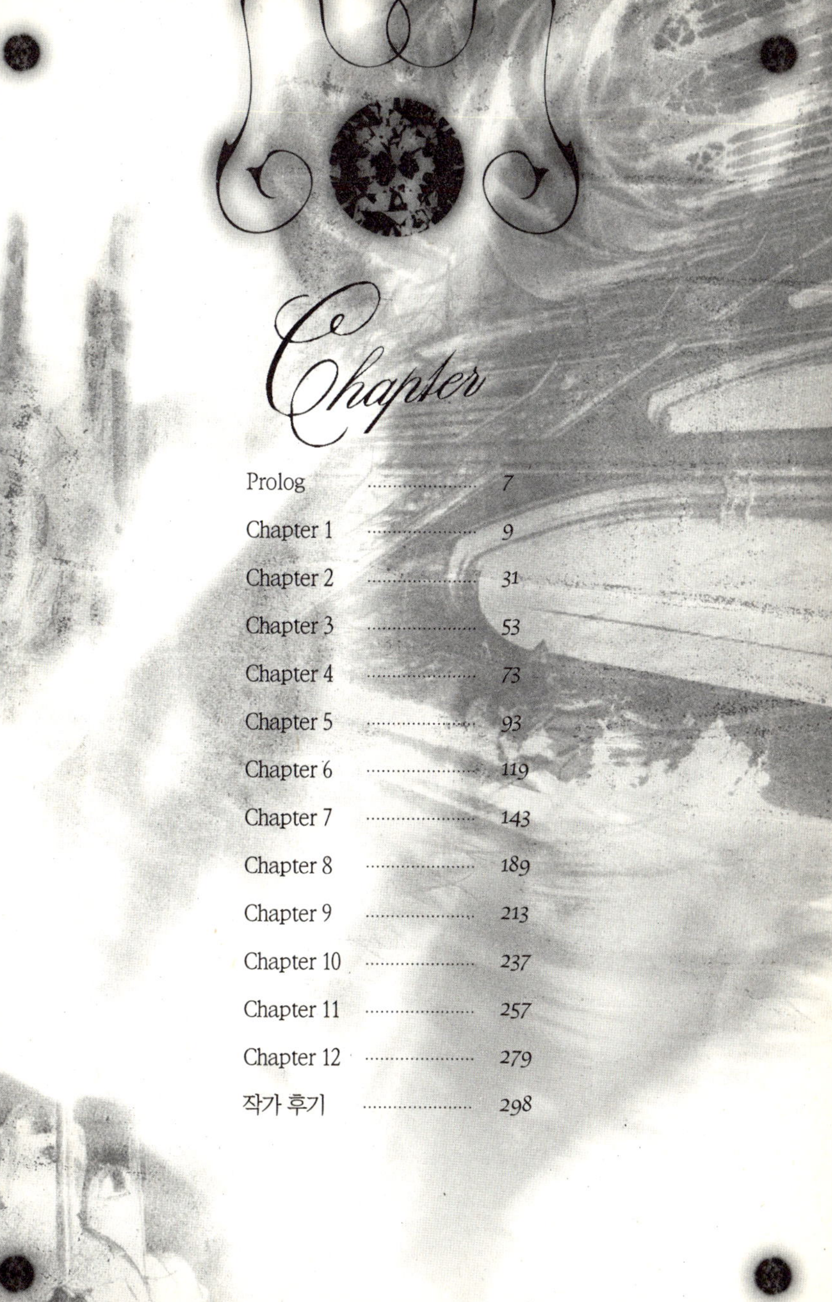

Prolog

그렇지.

이제야말로 본격적으로 그 양반의 이야기가 시작인 거지.

엥?

너무 늦다고?

하긴 뭐……!

다른 이야기꾼들에 비하면 내가 좀 지나친 바는 좀 있었군그래.

그런데 말이야,

네가 좋아라 하는 내용만 간추려 이야기를 하다 보면 이 양반 이야기가 다른 영웅담이나 신화와 다른 게 뭐가 있겠냐?

허구한 날 듣고 들은 이야기를 또 반복해 들으면 식상하지 않냐?

흠…….

그렇군.

네 말도 일리는 있네.

떠오르는 모든 걸 다 이야기하고 갈 수는 없는 거지.

네 녀석도 만날 흰소리만 하는 건 아니었군그래.

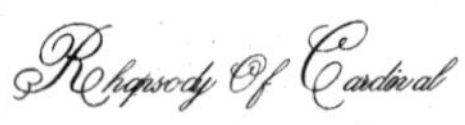

알았다.

그럼 좀 박차를 가해볼까나?

Chapter 1

1

제법 고풍스레 꾸며진 방 안에는 주향이 가득했다. 세 청년이 한데 모인 자리에서 피어오른 향이다.

적당한 취기에 오른 세 청년의 얼굴에는 홍조가 피어 있었다. 셋의 시선은 한곳에 집중됐다. 여기저기 찢어진 흑의를 입은 미녀를 향해서다.

하지만 그들이 미녀에게 집중하는 이유는 다양한 매력을 가진 얼굴 때문도, 찢어진 옷 사이로 드러난 풍만한 몸매 때문도 아니었다. 그녀의 다음 말을 기다리고 있었던 것이다.

"…베오타 왕국의 에르미나 폴프겐이에요."

자부심 넘치는 표정으로 사이브라가 말했다.

"베오타의 폴프겐? 폴프겐 후작 가문의 에르미나가 당신이라고요?"

제일 먼저 반응을 보인 것은 금발의 미청년 이시스였다.

그의 반응에 사이브라, 진짜 이름은 에르미나인 그녀의 입술에 미소가 번졌다. 이 땅 위에서 살아가는 남자라면, 특히 북부인이라면 당연히 자신의 이름을 들었을 것이다.

"흠!"

빨강머리가 미간을 좁혔다.

'뭐야, 저 반응은?'

사내의 표정이 밝지 않자 사이브라, 이제는 진짜 신분을 밝힌 에르미나가 조바심을 느꼈다.

"상황이 상황인지라 쉽게 못 믿으실 수는 있겠지만, 거꾸로 생각하면 이 상황에서 저와 같이 허황된 신분을 지어낼 리도 없잖아요?"

백번 양보를 해서 빨강머리로서는 대체 후작 가문의 영애가 야심한 밤에 이런 몰골로 돌아다니는지 이해하지 못하는 거라 여기는 에르미나였다. 아름다운 외모를 가졌다고 해서 모두 에르미나 폴프겐이 될 수는 없을 테니까.

하지만 빨강머리는 그와 같은 내용을 이해하지 못하는 게 아니었다.

"폴프겐 가문은 명문 중의 명문인데, 그런 명문가의 숙녀분께서 도둑질을 할 리는 없고……."

'그럼 그렇지!'

에르미나는 이제야 말이 통한다고 생각했다. 에르미나에게 있어서는 지금과 같은 반응이야말로 정상이었다.

어렵사리 만든 만족스러운 상황에 그녀의 고혹적인 입매가 막 호선을 그려내기 직전이었다.

"그럼 역시 첩자질을 하기 위해서겠지?"

울컥!

정말이지, 하마터면 빨강머리에게 달려들어 주먹을 날릴 뻔했다. 어쩌면 그냥 '첩자'라고만 했으면 좀 더 침착했을지도 모른다. 한데 굳이 '질' 자를 붙여 에르미나를 더욱 기분나쁘게 만든 것이다.

발끈한 에르미나의 성질을 돋우는 건 거기서 끝이 아니었다.

"아마도! 시절이 시절이니까!"

갈색 머리의 덩치 큰 청년이 고개를 끄덕이며 빨강머리의 말에 동의하고 나섰다.

"헤에? 대단한데? 명문가의 영애께서 직접 첩자질을 하고 다니시다니!"

그나마 자신의 신분을 알아보고 놀라던 금발머리까지 빨강머리와 갈색머리에게 동조하고 나섰다. 묘하게 자존심 문제로 번져 간 문제라 에르미나는 앞뒤 상황을 가릴 여유를 갖지 못했다.

"누가 첩자라는 거예욧!"

발끈한 성격을 이기지 못한 외침.

그녀의 목소리에 샤렌이 검지를 세워 입에 가져다 댔다.

"쉿! 지금은 떠들 상황이 아닐 텐데요?"

"……!"

빨강머리의 말과 행동을 보고서야 에르미나는 자신의 실태를 깨달았다. 평소의 그녀라면 상상조차 할 수 없는 일이다. 모든 게 저 빨강머리 때문이었다. 하나부터 열까지 묘하게 성질을 긁어대고 있는 것이다.

"첩자가 아니면 도둑인가 본데? 그럼 굳이 감싸줄 필요 없는 거 아냐?"

빠직!

갈색머리의 말을 들은 아르미나의 이마에 푸른 혈관이 툭 튀어나왔다. 이 인간들은 당최 답이 없었다. 정말이지, 주먹으로 저 주둥이들을 때리고픈 마음뿐이었다. 일련의 모든 행동이 그녀가 가진 인내심의 한계를 벗어난 것이다.

"그러게. 같은 북부인으로서 뭔가 정보를 노리고 왔을 가능성 때문에 감싸주려던 것뿐인데, 물건을 훔치러 온 거면 이야기가 다르지."

"……!"

앞뒤 가리지 않고 일단 빨강머리 입술에 주먹을 박아주려던 에르미나가 멈칫했다.

그러고 보니 저들이 소란을 부리지 않는 한, 자신이 첩자가 아니라 부정할 이유가 없었다. 기왕 진정한 신분을 밝힌 이상, 저들이 떠들고 다닐 것에 대한 고려도 필요한 상황이다. 북부 연합에게 도움이 되는 정보를 얻기 위해 후작가의 영애가 직접 남부혈맹에 잠입했다는 것은 자신의 명예에 누가 되지 않는 일인 것이다.

그녀는 재빨리 표정을 수습했다.

이어 어쩔 수 없다는 연기를 하며 한숨을 쉬었다.

"하아! 이렇게 된 이상 어쩔 수 없군요."

잠시의 시간을 둔 다음 에르미나가 말했다.

"사실 이곳에 들어오게 된 건 정말 우연이었어요."

말을 하면서 에르미나는 빨강머리, 금색머리, 갈색머리를 두루 살폈다. 자신이 말하는 중의 반응을 확인하기 위해서였다.

"원래 저는 연합군의 기밀을 전하는 임무를 수행하는 중이었답니다. 연합군 내부에서조차 극소수만이 알아야 할 비밀이었던 거지요."

에르미나는 자신의 임기응변에 스스로 만족했다. 앞뒤가 척척 맞았으며 진지하기 이를 데 없는 목소리도 좋았고, 애절하기 짝이 없는 표정도 훌륭했다.

마지막 말로 인해 자신이 겪어야 할 모든 오해(?)는 풀릴 것이며, 트라시아의 마녀에게 쫓기는 일도 해결될 것이라 에르미나는 의심치 않았다.

"숙녀분께서… 정말 훌륭하시네요."

과연!

금발의 사내가 자신을 향해 감탄을 터뜨렸다. 숙녀 앞에 '이렇게 아름다운', 혹은 '고귀한 신분'의 같은 수식어가 빠진 게 아쉬웠지만, 방금 전까지처럼 매도 일색의 상황은 아니었기에 에르미나는 나름 만족했다.

"그러네."

드디어!

빨강머리도 수긍을 하고 나섰다. 에르미나는 입술 끝이 양쪽 끝까지 벌어져 귀에 걸리려는 것을 억누르느라 애를 썼다. 어쩐지 저 남자가 자신을 인정했다는 사실이 대륙의 최고 보물을 훔쳐 낸 것보다 기쁘게까지 느껴졌던 것이다.

"임기응변이 정말 훌륭하네."

임기응변이 뛰어나다는 말에 에르미나는 하마터면 고개를 끄덕일 뻔했다. 그러나 지금은 임기응변을 발휘했다는 사실 자체를 감춰야 할 상황이었다.

"무, 무슨……?"

"저 정도면 본격적으로 연극배우를 해도 무리가 없겠어. 순발력이 제법 되니까 어떤 연기든 잘할 수 있을 거야."

빨강머리가 갈색머리에게 천연덕스레 말했다.

순간 에르미나는 속으로 절규했다.

저 빨강머리가 대체 무슨 말을 지껄이는 거야!

하지만 섣부른 행동은 금물이었다.

"제가… 대체 무슨 연기를 했다는 거죠?"

억울하고 슬픈 표정을 지어 보이며 에르미나가 물었다.

씨익.

또!

빨강머리 녀석이 속을 확 뒤집는 미소를 짓는다.

그가 갈색머리와 금발을 돌아보며 물었다.

"이번에도 설명이 필요해?"

"응. 저 아가씨가 무슨 연기를 한 건지 난 당최 모르겠거든."

금발이 나서서 대답했다. 그 대답이 미묘하게 에르미나의 속을 긁었다. 조금 전까지만 해도 '숙녀'로 칭하던 녀석이 금세 경박한 어조의 '아가씨'로 호칭을 바꾼 것이다. 저 빨강머리의 말이 다른 두 남자들에게 절대적인 영향력을 발휘하고 있는 게 틀림없었다.

빨강머리가 가벼운 턱짓으로 에르미나를 가리켰다.

"저 여자, 자신이 중대한 임무를 맡았다고 말할 때 표정이 너무 일관되었어. 처음부터 끝까지 대단한 각오와 결연한 의지를 드러내는 표정이었지."

'저건 또 무슨 말도 안 되는 소리야?'

격해진 감정의 에르미나는 저 빨강머리가 미친 게 아닌가 싶었다.

자신이 완벽한 표정을 지었다고 해서 연기라고 단정했다는 말이 아닌가?

"에? 일관된 표정을 짓는 게 이상한 거라고?"

금발의 질문이었다.

'그러니까! 그래도 네가 이 방 안에서는 제일 정상이구나.'

에르미나는 내심으로 금발의 준수한 청년을 응원했다.

"보통 여자들이 어떤 감정을 드러낼 때 표정이 유지되는 시간은 그렇게까지 길지 않아. 보통 5초 이상 같은 표정을 짓고 있으면 거짓된 감정을 유지하는 경우가 많지."

"에헤? 그래?"

"10초 이상 같은 표정을 유지하고 있으면 무조건 거짓된 감정을 드러내고 있다고 봐야 해. 그런데 저 여자는 어쩔 수 없다는 말을 꺼낸 이후, 자기가 무슨 임무입네 하는 말을 마칠 때까지 한결같은 표정을 유지했거든."

"그렇군."

'그렇게 쉽게 넘어가지 말라고!'

에르미나는 금세 수긍하고 나서는 금발을 향해 속으로 외쳤다.

그녀의 외침을 듣기라도 한 듯 갈색머리가 물었다.

"사람에 따라 편차가 있지 않을까? 지금과 같이 오해를 받을 만한 상황이라면 일부러 강조하기 위해서 표정을 지속시

켰을 수도 있고 말이야."

전면적인 반박은 아니었으나, 일리가 있는 질문이었다. 에르미나는 갈색머리의 질문이 마음에 들어 빨강머리의 반응을 살폈다.

"네 말대로 표정 하나로 저 여자가 거짓말을 하고 있다고 단정 짓기에는 부족함이 있겠지. 하지만 표정 말고도 거짓말의 증거는 많았는걸."

에르미나는 미간을 찌푸렸다. 스스로도 만족할 만큼의 연기를 펼쳤다.

빨강머리 자신도 자신의 연기(?)에 대해 칭찬하지 않았던가?

한데 이제 와서 거짓말의 증거라니, 이게 무슨 앞뒤 안 맞는 소리인지 에르미나는 이해할 수가 없었다.

"일단 저 여자가 말을 하는 동안 왼쪽 어깨를 두 번에 걸쳐 미세하게 움찔거리더군. 아마 본인은 몰랐을 거야. 의식적으로 움직인 게 아니라 몸이 거짓말에 반응하는 거거든. 그리고……."

빨강머리는 말끝을 살짝 늘이며 마치 에르미나에게 보라는 듯 묘한 미소를 또 지어 보였다.

"연극판에서는 먹힐 수 있는 표정일지 몰라도 진위를 가리는 자리에서는 저 여자의 연기에 조금 부족함이 있어."

"그게 뭔데?"

"여자가 자신의 감정을 얼굴에 드러낼 때, 진심을 담은 표정이 몇십분의 일 초에 걸쳐 나타나기 마련이거든. 조금 전 저 여자가 거짓이라는 말을 들은 후, 억울하고 슬픈 표정을 지을 때, 제법 그럴듯한 모양은 만들어냈지만 눈썹 위의 근육에 움직임이 없었어. 여자들이 진짜 슬플 때는 반드시 미간 쪽이 좁혀지며 눈썹의 안쪽 끝이 올라가기 마련이거든."

"그러니까 슬픈 표정을 짓긴 했지만 진짜 슬펐던 것은 아니란 말이네?"

금발이 맞장구를 치는 동안, 에르미나는 어처구니가 없었다.

여태껏 사이브라라는 신분을 감추고 살아온 그녀이다. 이는 자신의 거짓말하는 실력이 얼마나 탁월한지 입증하고도 남는 증거였다. 도둑질 자체도 완벽했지만, 평소 에르미나로 살아가는 동안에도 타인을 완벽하게 속일 수 있었던 것이다.

한데 엔살룸에서 만난 저 빨강머리 북부인은 상상도 못한 허점들을 짚어내며 거짓말을 명확히 짚어냈다. 심정이야 분하고 억울하지만 표정과 동작 몇 가지만으로 진위를 명확히 가리는 능력은 감탄을 넘어 놀라움까지 불러일으켰다.

'대체 어디서 저런 인간이 튀어나온 거지?'

에르미나는 신분이 신분인만큼, 그리고 직업이 직업인만큼 대륙 북부의 유명인사에 대한 정보에 밝았다. 저 정도 되는 탁월한 안목을 지닌 자라면 분명 대륙 북부에서 명성을 떨쳤을 터이다.

하지만 떠오르는 인물이 없다. 저 특색있는 빨강머리를 보고도 연상되는 유명인사는 없는 것이다.

그때, 금발의 사내가 문득 생각났다는 듯 말했다.

"가만히 있어봐. 무슨 비밀 임무 같은 걸 수행하는 게 거짓말이라면 결국 도둑질밖에 없는 거잖아. 설마하니 천상십화 중 일인인 에르미나가 도둑질을 하겠어?"

'그, 그래!'

여지없이 진실을 짚어내는 빨강머리에 휘말려 자신의 신분을 밝혔다는 사실을 잊고 말았다.

몇 가지 거짓말의 징후를 밝혀낸 게 무에 대수란 말인가?

사람들에게는 상식이라는 게 있다. 대폴프겐 가문의 무남독녀 외동딸인 자신을 도둑으로 몰아붙이는 건 상식에서 한참이나 벗어난 일이다.

"낯선 일은 아니잖아? 프리실라를 생각해 봐. 사연이 있으면 도둑질 따위는 아무것도 아니지."

빨강머리는 별일 아니라는 식으로 짧게 대답했다.

'또!'

에르미나의 내부에서 외치는 절규.

저 줏대없는 금발이 또다시 너무나 쉽게 고개를 끄덕이는 걸 본 것이다.

대체 프리실라가 누구기에 폴프겐 가의 적통인 자신이 도둑질을 한다는 사실을 저토록 쉽게 수긍한단 말인가?

에르미나로서는 저항군을 암중에서 지휘하는 구 에슬란의 명문 베이 가에 대해 자세한 내용을 알 수 없었던 것이다.

"흠, 그럼 우리가 도둑을 돕는 셈이 되는데, 괜찮을까?"

갈색머리가 미간을 찌푸리며 물었다. 이제는 에르미나를 완벽히 도둑이라 단정 짓고 대화가 진행되는 중이었다.

하지만 에르미나는 더 이상 변명을 할 생각조차 하지 않았다. 아무리 변명을 해봐야 저 빨강머리가 믿지 않을 것이 분명했다. 그리고 빨강머리가 자신을 도둑이라 단정 짓고 있는 이상 나머지 두 남자 역시 자신의 말을 귓등으로 들을 것이다.

이렇게 된 바에야 갈색머리의 질문에 대한 대답에 주의를 기울이는 게 더 중요했다. 자칫 이상한 낌새가 느껴지면 가차 없이 세 명을 처리해야 하는 것이다.

그녀는 은연중에 바라카를 운용하기 시작했다.

"아직 여기서 뭔가를 훔치지는 않았으니까. 품 안으로 날아든 가엾은 새를 외면할 수는 없잖아."

싱긋 웃으며 대답하는 빨강머리.

그의 미소가 유난히 에르미나의 눈에 박혔다. 여태껏 사람의 울화통을 뒤집는 것과는 사뭇 다른 미소였다. 어쩐지 따뜻하고 자상한 미소였던 것이다.

사람이란 참으로 묘했다. 이 방에 들어선 이후로 자신의 속을 내내 뒤집던 빨강머리다. 말투는 물론 표정과 몸짓 하나까지도 마음에 들지 않았다.

한데 지금까지의 억울함과 서러움을 다독이는 듯한 저 미소 하나에 왜 이렇게 마음이 따뜻해지는 걸까?

마치 지금 이 순간 자신에게 저 한마디를 하기 위해 그토록 모진 말과 행동을 했던 걸지도 모른다는 생각이 들 정도였다.

"하긴, 어떤 상황이라도 숙녀분의 위험을 외면할 우리가 아니지."

금발이 또다시 빨강머리에게 휘둘릴 때, 갈색머리가 빨강머리의 귀에 대고 낮게 속삭였다. 에르미나의 귀에는 들리지 않는 작은 목소리였다.

"큰 사고를 치고 도주하는 중이라면 자칫 우리까지 휘말려 들 수도 있어, 샤렌."

"우리에게 더 이상 큰 사고가 있을까?"

샤렌이 여유있는 표정으로 드리튼처럼 작게 말했다.

하지만 드리튼의 우려는 아직 정리되지 않았다.

"그래도 자꾸만 더 일을 벌이는 건……."

"벌이는 게 아니지. 앞으로의 일을 생각해 보자고, 드리튼. 우리는 베오타 왕국에서 막강한 영향력을 발휘하는 폴프겐 가의 후손을 돕고 있는 거라고. 그녀가 밤이슬을 맞으며 돌아다닌다는 파괴력있는 정보는 덤으로 챙긴 거고 말이야."

"……!"

드리튼은 순간적으로 할 말을 잃었다.

'집요하게 에르미나를 파고들어 그녀를 도둑으로 몰아간 이유가 그거였군.'

어차피 흉악한 범죄를 저지르거나 자신들에게 직접적인 해를 끼칠 상황이 아니라면 샤렌은 분명 저 여자를 도왔을 것이다.

한데 저 여자가 신분을 밝혔음에도 굳이 계속해 여자를 몰아붙인 샤렌이었다. 드리튼으로서는 이해가 가질 않았다. 만약 저 여자가 진짜 폴프겐 후작가의 인물이라면 선의에서 도움을 주고 좋은 인연을 만들어두는 게 좋다고 생각한 것이다.

하지만 샤렌은 그보다 훨씬 더 앞으로 나아간 생각을 하고 있었다. 폴프겐 후작가의 무남독녀가 도둑질을 하다가 누군가에게 쫓긴다는 것은 호사가들이 눈에 불을 켜고 달려들 이야기다.

오늘의 사건이 밖으로 돈다면 폴프겐 가문의 명예에 치명적인 소문이 한순간 대륙을 덮게 되는 것은 자명한 일.

샤렌은 에르미나로서는 꼼짝할 수 없는 거래의 조건을 만들어 버린 것이다.

"아까 말했던 것처럼 이곳에서 뭘 훔칠 생각만 하지 않는다면 편히 있어도 좋소. 곤란한 상황을 벗어날 때까지 말이오."

빨강머리의 말을 들었음에도 에르미나는 바라카의 운용을

지속했다. 저들의 비논리적인 호의에 위급한 상황이야 모면할 수 있었지만 아직 해결해야 할 문제가 남아 있었다.

트라시아의 추격대에게서 벗어나기 위해 자신의 진짜 신분을 밝혔다. 물론 울컥하는 심정도 한몫했지만, 혹시 있을지 모를 소란을 막는 데는 성공한 셈이었다.

하지만 그것으로 끝은 아니었다.

저들은 지금 자신이 도둑이라 믿고 있는 상황.

오늘의 위기는 모면했다지만 앞으로의 일에도 대비를 해 둘 필요가 있는 것이다.

"오해 속에서도 도움을 주신다니, 감사드려요. 하지만……."

에르미나는 벽 한쪽의 스탠드 옷걸이를 손으로 잡았다. 금속 재질로 만들어진 옷걸이였다.

"세 분의 오해는 세 분에게서 끝이 나야 함을 명심해 주세요. 혹여 제가 도둑질을 했다는 소문이 베오타에 들려온다면 전 세 분께 반드시 그 책임을 물을 테니까요."

끼이이이.

말을 하는 중에 어린아이 팔뚝만 한 굵기의 옷걸이가 휘어지고 있었다. 강력한 무력시위를 통해 세 사람을 협박하고 있는 것이다.

"흐음?"

빨강머리가 입술의 가운데 부분을 꺾으며 콧소리를 냈다.

못마땅한 기색을 드러낸 것이다.

"지금 당신을 돕고자 하는 사람들을 협박하겠다는 거요? 그것도 무력으로?"

"오늘의 도움에 대해서는 반드시 후사하겠어요. 하지만 제가 도둑이라는 오해에 대해서는 구분 지어 행동할 수밖에 없군요. 제 개인은 물론 폴프겐 가의 명예가 걸린 일이니까요."

합당하달 수 있는 빨강머리의 지적이었음에도 에르미나는 물러설 생각이 없었다. 이사벨이라는 마녀가 나타나기 전까지만 해도 거의 완벽을 기해온 사이브라의 행각이었다. 이런 곳에서 오점을 남길 수는 없었던 것이다.

"우리가 가볍게 입을 놀리겠다는 것은 아니지만……."

빨강머리사내 샤렌은 느릿하게 말을 하며 몸을 일으켰다.

동시에 그의 미간에 황금빛이 떠오르는가 싶더니 눈의 형태를 만들어냈다.

거기서 끝이 아니었다.

샤렌이 들어 올린 우측 손 위에서 금빛 광채가 불꽃 모양으로 피어올라 일렁였다.

방 안은 곧 온통 금빛으로 물들었다.

어찌 보면 아름답기 그지없는 장면이었으나, 샤렌의 손에서 타오르는 금빛 불꽃을 보는 에르미나의 피는 차갑게 식었다.

"호, 홀렉시움!"

목소리가 떨려 나왔다. 홀렉시움이란 바라카가 일정한 한계를 넘어서 운용되면 타오르는 듯한 불꽃의 형태로 가시화되는 것을 뜻한다. 이오나 네이가 청염의 성위라 불리는 것도 그녀가 운용하는 바라카가 푸른색 불꽃으로 눈에 선명히 보이기 때문이다.

"힘으로 협박을 한다는 것은 무의미하오!"

빨강머리의 말이 끝남과 동시에 찬란한 금광이 잦아들었다. 자유자재로 홀렉시움을 구사하고 있다는 단증이었다.

대륙의 내로라하는 인재들에 비해 손색이 없다고 자부했던 에르미나이다. 저 홀라덴의 사대성위 정도가 아니라면 자신의 또래에서 적수를 찾는 것 자체가 힘들다고 생각했다.

하지만 홀렉시움을 구사하는 상대라면 이야기가 다르다.

홀렉시움은 막대한 양의 바라카를 운용할 때만 피워 올릴 수 있는 것.

북부 대륙을 통틀어도 홀렉시움을 구현할 정도의 강자는 고작 수백에 불과하다. 그리고 그들 한 명 한 명은 각 왕국을 대표하는 절대강자들이었다.

다시 말해 자신은 저 빨강머리의 상대가 아니라는 말이었다. 철봉으로 된 옷걸이를 휜 것은 그야말로 가소로운 행동이었을 뿐이다.

"뭐… 우리 역시 구분 지을 건 구분 지어서 오늘의 일에 대한 후사는 충분히 기대하겠지만 말이오."

샤렌은 여유 만만한 한마디와 함께 자리에 앉았다. 사실 샤렌이 만들어낸 금빛 불꽃은 홀렉시움이 아니다. 샤렌은 얼마 전 하칸투랑이 전신에서 불꽃을 피워 올리는 것을 봤다. 그전에 이오나가 눈이 부실 정도의 청광에 휩싸이는 것도 봤다.

따라서 샤렌은 절대의 강자들은 불꽃의 형태로 빛을 가시화시키는 능력이 있다고 생각했다.

이에 하온을 운용해 손에서 만들어낼 수 있는 금광의 형태를 바꿔 뽑아낸 것뿐이었다. 의지를 좇아 운용되는 하온인만큼 힘의 크기에 변화를 주어 얼핏 불꽃처럼 일렁이게 하는 건 크게 어려운 일이 아닌 것이다.

바라카를 운용하는 상대로 자신의 능력이 얼마나 먹힐지 확신이 없는 샤렌이었다. 브리올렛에게 직탄격을 배우고 몇 가지 유용한 보법을 익혔지만, 전문적으로 무투를 수련해 온 상대에게는 밑천이 드러날 가능성이 높았다. 그래서 뭔가 대단한 실력을 가진 듯 허장성세를 펼친 것이다.

이는 양피지에 적힌 내용에서 힌트를 얻은 것이다. 양피지 내용 중에 무투는 최후의 수단이라 기술되어 있었다. 가급적이면 싸움을 벌이지 않고 상대를 제압하는 게 최선인 것이다.

그 방법 중 하나가 바로 아무것도 없는 상황을 약간의 포장으로 많은 것을 가진 듯 보이게 하라는 것이었다. 여타의 내용처럼 샤렌은 이 같은 내용에 대한 이해가 빨랐다. 역시나 여자들을 유혹할 때 사용하던 방법과 유사한 면모가 있었기 때문이다. 그러니 지금과 같은 상황에서도 쉽사리 응용이 가능했던 것이다.

하지만 에르미나가 그와 같은 사실을 알 리 없었다. 그녀의 눈에는 샤렌이 만들어낸 불꽃이 절대의 강자들만 가시화시킬 수 있는 바라카의 정수, 홀렉시움으로만 보였던 것이다.

'어쩌면 난 오늘 늑대를 피해 호랑이 굴에 뛰어든 걸지도…….'

지나칠 정도로 많은 의미를 내포한 샤렌의 미소를 보며 에르미나는 서늘한 한기가 등줄기를 훑고 지나가는 것을 느꼈다.

Chapter 2

1

"에? 샤렌님의 친구라고요?"

브리올렛은 커다란 눈을 동그랗게 뜨고는 낯선 북부인 여자를 바라봤다.

"그런데 왜 샤렌님 옷을……?"

커다랗게 떴던 눈은 가늘어지고 브리올렛의 미간에는 주름이 잡혔다. 북부인 여자가 입고 있는 옷은 분명 자신이 선물했던 것이다. 자신의 선물을 남이, 그것도 여자가 입고 있다는 게 못마땅한 모양이다.

"아! 어제 이 친구가 넘어지는 바람에 옷이 찢어져 버렸거든요. 얘가 어릴 때부터 좀 칠칠치 못해서요."

샤렌은 에르미나의 뒤통수를 툭툭 치며 말했다. 그 모양새가 격의가 전혀 없는 터라 브리올렛은 미간에 잡혔던 주름을 폈다. 여자의 머리를 건드릴 정도로 막 대하는 사이라는 게 어쩐지 경각심을 풀게 한 것이다.

하지만 에르미나는 달랐다.

지금껏 살아오며 누군가에게 뒤통수를 툭툭 맞아본 적이 없었던 것이다.

거기에 더해 칠칠치 못하다니!

'이게 정말?

정말이지, 성질대로 하자면 트라시아의 특무대든 홀렉시움이든 다 잊고 한판 제대로 붙어보고 싶은 녀석이었다.

"근데 설마 두 분이서 밤을 함께 지새운 건 아니죠?"

"그럼요. 아시잖아요, 어제 우리 셋이 술 마셨던 거."

샤렌이 드리튼과 이시스를 힐끗 바라보며 말했다.

드리튼과 이시스는 맞장구를 치듯 고개를 끄덕였다.

샤렌의 말과 두 친구의 반응에 브리올렛은 안심하는 듯한 표정을 지었다. 그뿐이었다. 낯선 이 여자가 어떻게 집 안에 들어와 있는지, 또 자기가 피곤해 먼저 방으로 간 뒤에 남아 있던 세 사람이 어떻게 이 여자를 만났는지 따위에 대해서는 묻지 않았다. 그저 샤렌이 친구라 소개를 했으니 충분하다는 식이었다.

그런 브리올렛의 반응이 에르미나를 의아하게 했다.

'뭐야? 이 꼬맹이, 메르타 가의 적통이라면서 그걸로 끝이야? 이 인간 주변에 있는 사람들은 다 왜 이 모양이야?'

스스로를 샤렌이라고 밝힌 빨강머리가 말하면 모두가 고개를 끄덕인다.

그리고 끝이다.

상식, 논리 등등에 전혀 개의치 않는다. 빨강머리가 말하면 고스란히 믿어버리고 끝인 것이다.

"제가 하인들을 시켜 북방식 의복을 구해오라고 할게요."

"언제나 신세를 지고 있습니다."

브리올렛의 말에 샤렌이 재빨리 미소를 지었다. 한없이 따스하고 다정해 보이는 미소였다.

'뭐야, 이 인간은? 왜 이런 꼬맹이한테는 저런 미소를 짓는 거야?'

에르미나는 샤렌이 자신을 향해서는 복장 터지는 기묘한 웃음만을 지어 보이다가 브리올렛에게는 다른 모습을 보이자 어쩐지 기분이 나빠졌다.

"무슨 말씀을! 아버님께서도 말씀하였듯 샤렌님은 저희 메르타 가 최고의 귀빈이신걸요."

브리올렛은 샤렌의 미소에 마주 웃어 보이며 공손하게 대답했다.

'하긴 홀렉시움을 사용할 수 있으니까…….'

에르미나는 생각했다. 꼬맹이의 극진한 대우는 당연한 일이다. 북부 대륙에서도 홀렉시움을 구현할 수 있는 자는 어느 왕국에서도 국빈 급 대우를 받는다. 저렇게나 젊은 나이라면 두말할 나위도 없다.

그렇다고는 해도 저 꼬맹이와 샤렌의 환한 표정과 친근한 어조는 어딘지 이해가 가질 않았다. 일단 제아무리 직계 혈통이라 해도 가문 최고의 귀빈 접대를 저런 어린애에게 맡긴다는 것 자체가 말이 안 된다.

또한 저 친밀하기 짝이 없는 태도는 뭐란 말인가?

꼬맹이의 표정에서는 형식적인 부분을 전혀 찾아볼 수가 없었다. 저 아이는 진심으로 샤렌이라는 자를 친근하게 대하고 있다. 아니, 여자의 직감으로 판단하기엔 그 이상이다. 마치 사모하는 연인을 바라보는 듯했다.

'그렇게 생각하면 앞뒤가 좀 맞는 건가?'

자신의 압도적인 미모를 앞에 두고 소름 끼치는 관찰력으로 모든 걸 꿰뚫어 보던 빨강머리이다. 어쩌면 저 남자는 어린 여자에게만 관심이 있는 변태일지도 모른다. 그렇다면 이미 성숙한 아름다움을 갖춘 자신을 보고도 흔들지 않을 수도 있는 것이다.

그렇게 에르미나가 스스로의 자부심을 위해 샤렌을 의심(?)쩍은 시선으로 바라볼 때, 브리올렛이 말했다.

"자, 어쨌든 어서 식사를 하시죠."

"에? 벌써요?"

이시스가 물었다.

"네, 오늘은 좀 서둘러야 할 것 같아요. 샤렌님의 친구분이 오전 중에 방문한다고 기별을 전해왔거든요."

"샤렌의 친구라고요?"

이시스가 다시 물었다.

브리올렛이 싱긋 웃었다.

그리고는 마치 제 자랑을 하듯 말했다.

"차이르 오라버니라고, 명천팔대가문 중 하나인 쿠마 가의 차남이에요. 샤렌님과는 절친한 사이시죠."

그녀가 유독 많은 웃음을 보이는 이유였다. 쿠마 가의 직계가 자신의 손님을 보기 위해 직접 방문을 해온다.

이는 메르타 가의 위상에 큰 도움이라 말할 수 있는 것이다.

차이르에 대해 설명을 듣지 못한 드리튼과 이시스가 눈빛으로 사연을 물었다.

샤렌은 그저 미소를 지을 뿐이었다. 나중에 이야기해 준다는 뜻이다.

그 뜻을 알아들은 드리튼과 이시스는 더 이상 캐묻지 않았다.

하지만 에르메나는 달랐다. 의문이 생기지 않을 수 없는 것이다. 그녀 역시 명천팔대가문에 대해서는 익히 들어 알고 있다.

쿠마 가문은 남부 대륙의 명문 중의 명문.

비록 차남이라고는 해도 그 쿠마 가의 직계가 이 빨강머리를 보기 위해 일부러 이곳을 찾는다고 한다. 떠오르는 결론은 하나였다.

'이 사람, 대륙 남부의 숨은 거물이었던 건가?'

만약 빨강머리가 북부에서 명성을 떨쳤으면 자신이 모를 리가 없다. 저 나이에 홀렉시움을 구현할 정도라면 얼굴을 직접 본 적이 없다 해도 알아볼 수 있을 만큼 자세히 알아야 했다.

입고 있는 복장으로 보나 허리춤에 찬 기형의 검을 보나 이 남자는 활동 영역이 남부에 국한되어 있을 가능성이 컸다. 도둑질에 있어 남북을 가리지 않는 사이브라라 할지라도 주 무대가 북부이다 보니 남부 쪽 정보에 미진한 점이 있었던 것이다.

2

만찬이랄 수 있는 점심 식사가 끝나고 저녁 무렵이 되어서야 차이르는 돌아갔다.

일련의 상황을 지켜본 에르미나는 혼란스러웠다. 샤렌이라는 빨강머리는 그저 쿠마 가의 차남을 아는 정도가 아니었다. 차이르가 샤렌에게 표하는 아낌없는 호의는 에르미나의 피부에까지 와 닿을 정도였다. 절친한 친구가 아니라 은인을 대하는 태도라 해도 무리가 없어 보였다.

다른 두 친구를 소개할 때도 그랬다. 이건 거의 '무조건' 이었다. 샤렌이라는 남자의 친구라니 바로 세상 다시없는 친구로 대하는 차이르였다. 남부 대륙 명문가 자제 특유의 드높은 콧대를 찾으려야 찾을 수가 없는 모습이었다.

무엇보다 놀라운 것은 샤렌과 차이르, 두 사람 사이의 말투다. 저 유서 깊은 명문가의 직계가 북부인과 평대로 대화를 주고받았다. 에르미나가 알고 있는 상식에서는 이해가 되지 않은 일이었다.

하긴 원래부터 상식을 배제한 채 모든 사고를 이어가던 세 사람이긴 했다.

문제는 에르미나가 느껴야 할 혼란이 이게 전부가 아니라는 데에 있었다.

체면이나 위신 따위는 뒤로 젖혀두고 간, 쓸개 모두 빼줄 것 같이만 보이던 차이르가 북부 연합에 대한 이야기를 던져주고 갔다. 트라시아의 황제가 도착하기 전, 각 지역에 파견되었던 특무대 중 상당수가 엔살룸에 도착했다는 이야기였다.

특무대라면 치가 떨리는 에르미나였으나 빨강머리 샤렌을 비롯한 세 명의 반응은 기이하기 짝이 없었다.

차이르가 돌아가자마자 머리를 맞대고 뭔가를 의논하더니

메르타 가의 꼬마 여자에게 부탁을 한다. 크샤트린에서 온 특무대가 어디에 머무는지 알아봐 달라는 것이다.

위풍당당한 트라시아 특무대니만큼 그들이 머무는 곳을 알아내기란 어려운 일이 아닐 터였다. 과연 에르미나의 생각대로 브리올렛이라는 꼬마 계집애는 채 한 시간이 지나기도 전에 크샤트린에서 온 특무대가 머무는 곳을 알려줬다.

그러자 빨강머리가 에르미나에게 물었다. 자신들은 특무대를 방문할 예정인데 함께 갈 것이냐는 질문이었다.

에르미나의 혼란이 증폭된 이유가 바로 거기에 있었다. 막대하기 짝이 없는 무력을 지닌 정체불명의 빨강머리가 마음만 먹으면 남부 대륙에 큰 파급을 불러일으킬 거물이라는 사실은 이미 짐작했다.

한데 그가 가진 연줄이 트라시아의 특무대에까지 닿아 있다는 건 도저히 상상하기 힘들었던 것이다.

이는 에르미나만이 느낄 혼란이 아니었다.

대저 누가 있어 대륙 남북부에 엄청난 영향력을 발휘하는 세력 모두와 연줄을 댈 수 있겠는가?

에르미나는 어금니를 악물었다. 지금 자신의 입장에서는 트라시아의 특무대는 할 수 있는 모든 것을 동원해서라도 멀리해야 할 대상이었다.

하지만 대체 이 빨강머리와 두 친구가 트라시아 특무대를 만나 무슨 짓을 하려는 건지 두 눈으로 확인하고 싶었던 것이다. 자신에 대한 추적의 고리를 놓쳤으니 이 근방에 특무대원들이 쫙 깔렸을 터다. 남부혈맹의 세력권 내이니 대놓고 찾아다닐 수는 없다 해도 감시의 고삐를 늦출 특무대가 아니었다.

무엇보다 마귀할멈 이상 가는 이사벨의 지휘를 받는 저들이 아닌가?

하지만 복면으로 얼굴을 가리고 흑의로 온몸을 휘감았던 사이브라와 북부 대륙에서도 명성이 자자한 폴프켄 가의 영애를 한데 묶어 의심하기란 쉬운 일이 아닐 터.

에르미나는 브리올렛이 구해다 준 옷으로 갈아입고는 샤렌이라는 남자에 대해 좀 더 알아보기로 결정을 내렸다. 적인지 아군인지도 모호한 상태에서 자신의 약점을 쥐고 있는 자다. 그에 대해 많은 것을 알수록 향후 생길 여러 가지 일들을 대비할 수 있다고 생각한 것이다.

그렇게 에르미나는 샤렌과 두 친구를 따라나섰다.

3

"누구라고?"

냉기가 풀풀 날리는 질문에 사무적인 동작으로 방문자에 대한 메모를 전하던 멕기스의 허리가 절로 펴졌다. 왠지 모를 긴장감이 그를 사로잡은 것이다.

마호가니 책상에 앉은 젊은 청년은 제국을 들썩이게 한 소문의 주인공이었다.

'얼음의 집행자' 라던가?

출세의 배경은 물론이거니와 탁월한 업무 처리 능력으로 특무대 내부는 물론 제국 전체에 유명세를 떨치는 인물이었다.

점심시간 즈음 엔살룸에 도착한 그는 건물에 들어서자마자 집무실부터 찾았다. 소문대로였다. 잠시도 업무를 등한시하는 법이 없는 것이다. 동행한 관료 전원이 숙소부터 안내받는 것과는 확연히 구분되는 태도였다.

멕기스는 얼굴에 한 겹 서리를 두른 듯한 이 젊은 상관이 썩 마음에 들지 않았다. 스스로 부지런한 상관이 부하들을 얼마나 피곤하게 만드는지 잘 알고 있었기 때문이다.

과연 예상대로였다. 이제 갓 머리에 피가 말랐을 법한 어린 상관은 도착하자마자 멕기스를 포함한 하급자들을 일로 몰아붙였다. 엔살룸에 집결한 적과 아군의 병력에 대한 모든 것을 반나절 만에 다 파악하려 드는 상관이었다. 멕기스의 입장에서 보자면 일주일에 걸쳐 할 일을 오후 반나절에 몰아서 한 듯한 느낌이었다.

무엇보다 껄끄러운 건 명령을 받을 때마다 마주치는 젊은 관료의 얼굴이었다. 도대체가 가면을 쓴 것처럼 속내를 전혀 짐작할 수 없는 표정 일색이었던 것이다.

그러니 멕기스에게 이 젊은 상관은 껄끄럽고 어려울 수밖에 없었다. 빈틈을 보이지 않는 상관을 모시기란 정말로 피곤한 일이었으나 감히 그런 기색조차 표할 수 없었다.

"스스로를 샤를로엔이라 했습니다."

차갑기 그지없는 가운데 어딘지 모를 노기가 서린 상급자의 질문이었다. 멕기스는 행여 자신이 무슨 책잡힐 일을 한 건 아닌가 염려되어 조심스레 대답했다.

멕기스의 보고를 재차 확인한 갈색머리청년의 조각 같은 얼굴에 곧 깊은 주름이 잡혔다.

"그의 머리색이 어떻던가?"

더없이 무거워진 음색으로 상관이 물었다. 오후 나절이 다 가도록 단 한 번도 자신의 감정을 드러내지 않던 자가 진득한 어조로 물어오니 멕기스의 긴장은 무게가 더해질 수밖에 없었다.

멕기스는 혹시라도 있을지 모를 실수에 대비해 문전에서 본 청년에 대해 다시 한 번 되짚어본 후 입을 열었다.

"타오르는 불꽃처럼 붉은 머리를 가진 청년이었습니다. 특이하게도 그의 두 눈 역시 새빨갛더군요."

멕기스는 조금의 실수도 없게 하기 위해 장황할 정도의 묘사를 곁들였다. 행여 뭔가를 잘못 전했다가 무슨 꼬투리를 잡힐지 몰라서였다.

이에 케이온이 두 눈을 부릅떴다. 그 눈에서 쏟아져 나온 뜨거운 빛이 멕기스의 두뇌를 관통하는 듯했다.

멕기스는 저도 모르게 어깨를 움츠렸다.

'뭐, 뭐야? 내가 뭘 잘못했다고 저렇게 눈을 부릅뜨는 거야? 설명이 너무 길었나?'

시종일관 차갑고 냉정하긴 해도 아직 자신에게 이렇다 할 호통을 치거나 나무란 적이 없는 상관이었던 것이다.

"정말로 빨간 머리카락에 빨간 눈을 가진 자인 건가?"

상급자의 질문에 멕기스는 선명한 이질감을 느꼈다. 이곳에 도착해 제아무리 복잡한 보고를 해도 되짚어 물어본 적이 없는 상관이다. 그럴 리야 없겠지만 마치 한 번만 듣고도 모든 것을 알겠다는 식이었다.

한데 그 상급자가 몇 번에 걸쳐 같은 말을 되새김질하고 있었다. 가면을 쓴 듯한 얼굴에는 홍조가 피어올랐고, 냉랭하기 짝이 없던 목소리가 떨려 나오고 있었다.

지금까지 봤던 것과는 너무나 다른 상급자의 반응에 영문을 모르는 멕기스의 속내는 시커멓게 타들어갔다. 이 까다로운 상관이 대체 뭐가 못마땅해 이러는 건지 알 수가 없기에 더욱 그랬다.

"이, 일단 제가 보기에는 분명히 눈도 머리카락도 빨간색이었습니다."

우물쭈물하며 대답을 하지 않았다간 무슨 호통이 터져 나올지 모르는 터.

멕기스는 당황스러운 가운데서도 할 대답은 했다.

"들어오라고 하게! 당장!"

"알겠습니다."

마치 혼쭐이 난 사람처럼 멕기스는 재빨리 대답했다.

대답을 마친 그가 막 몸을 돌리려 할 때였다.

"아니! 내가 나가도록 하지."

"네?"

"못 들었나? 내가 나간다고!"

어느새 찬바람이 휙휙 부는 표정으로 돌아온 상관이 몸을 일으키며 말했다.

"알겠습니다."

대답을 하는 사이 상관은 자신의 책상을 벗어나 멕기스의 옆을 스쳐 지나가고 있었다. 멕기스가 느끼는 한줄기 바람은 상관의 얼굴에서 불어온 한랭한 북풍이 아니었다. 빠른 걸음으로 스쳐 지나간 상관의 몸에서 이는 바람이었던 것이다.

'대체 그 꼬맹이들이 누군데 저 얼음덩이 같은 인간이 생난리를 치는 거야?'

멕기스는 황망히 상관의 뒤를 좇으며 투덜댔다.

4

입구 안쪽에 서서 연신 주변을 두리번거리는 세 청년과 미모의 한 여인.

그중 한 명의 얼굴이 갈색머리 사내의 눈에 콱 박혔다.

가죽 소재로 된 옷에 수많은 버클과 트립 장식이 되어 있고, 옆구리에는 기묘한 무구를 갖춰 찬 모습은 낯설었으나 어찌 저 얼굴을 잊을 수 있으랴.

겹겹이 싸고 단단히 동여매 겉으로 드러내지 않아온 케이온의 감정 선이 격하게 흔들린다. 툭 끊어져 날아가 버리는 연처럼 통제력이 아득히 멀어지는 것만 같다.

그리고…….

.

.

.

설령 하늘이 무너져 내린다 해도 눈 하나 깜빡하지 않을 거라던 '얼음의 집행자' 케이온의 두 눈에 실핏줄이 드러난다.

격한 감정을 담은 얼굴은 이미 새빨개졌고, 이마와 목에 푸른 혈관이 돋아 오른다.

하지만 벌어진 입에서 흘러나온 말은 겉으로 드러난 표정과 달리 격한 감정이 배제되어 있었다. 마치 혼자만 들어야 한다는 중요한 지상과제가 있는 것처럼 낮고 작은 목소리였다.

"샤렌……."

케이온은 죽었다던 동생의 이름을 불렀다.

그 목소리가 들렸을 리 없는데, 샤렌의 입가에 미소가 번진다.

동생이 웃었다.

기사 서임과 특무대 발령을 수락한 이후, 단 한 번도 자신을 향해 보여주지 않던 표정이다.

평소라면 그 변화에 대한 수십 가지 이유에 대해 떠올리고 분석했을 케이온일 것이다.

하지만 지금은 다르다.

동생의 웃음에 그저 고개를 끄덕일 뿐이다. 다각도의 분석도, 냉철한 판단도 없다.

열린 마음 그대로 동생을 반기고, 그 마음을 반영하듯 양팔이 벌어진다.

케이온이 걸음을 옮기고, 샤렌이 마주 다가온다.

두 사람은 그렇게 서로를 안았다.

형제의 재회를 기념하는 포옹이었다.

5

케이온과 샤렌이 집무실 내에서 단둘이 마주 앉아 있었다. 드리튼, 이시스, 에르미나는 접객실에서 대기 중이었다.

책상을 두고 마주한 두 사람에게서는 조금 전의 뜨거웠던 포옹의 열기가 느껴지지 않았다. 살아서 다시 만난 형제라고는 해도 시간이 파놓은 감정의 골이 격한 감정만으로는 메워

지지 않았던 것이다. 앞으로도 두 사람은 허물어진 감정의 더미를 밟아가며 서로를 향해 더 나아가야만 했다.

"아버지는?"

"네 소식을 들은 후로 뵙지 못했다. 나 역시 업무에만 더 매진했고 말이야."

샤렌은 고개를 끄덕였다. 충분히 납득이 간다. 자신이 죽었다는 소식을 들었다고 해서 눈물을 흘릴 부친이 아니다. 그런 부친을 마주하는 것은 케이온에게 있어서도 곤혹스러운 일일 것이다. 그 상황에서 케이온이 할 수 있는 거라곤 일밖에 없었으리라. 형이 일에 몰두하는 바가 큰 만큼 자신의 죽음에 대해 슬퍼했다는 뜻에 다름이 없는 것이다.

"어쨌든 살아 있어서 다행이다."

케이온이 말했다.

샤렌은 대답없이 고개를 끄덕였다.

"그리고… 이렇게 찾아와 줘서 고맙다."

케이온의 말에 샤렌은 또다시 고개를 끄덕였다.

그리고 나서 잠시 간의 침묵이 유지됐다.

샤렌은 형의 속내를 짐작할 수 있었다.

얼마나 궁금한 게 많겠는가.

하지만 형은 아무것도 묻지 않았다. 그저 살아 있어서 다행이고, 찾아와 줘서 고맙달 뿐이었다.

이는 자신을 위한 배려였다.

지난날에도 형은 언제나 자신에게 다가섰다.

손을 내밀었다.

다가오는 형에게서 뒤로 물러서는 건, 내밀어진 손을 외면해 고개를 돌리는 건, 늘 자신 쪽이었다.

그랬던 자신이 죽음의 위기를 겪는 동안, 형을 보고 싶어 했다는 이유만으로 한꺼번에 많은 것을 쏟아낼 수는 없는 일이다. 피를 나눈 형제이기 이전에 샤렌이 남자이기 때문이다. 지금 이 자리에서 눈물, 콧물을 쏟아내며 자신이 느꼈던 모든 것을 털어놓을 수는 없었던 것이다.

"부탁이 있어… 형."

샤렌은 어색함 속에 형을 불었다.

"말해."

케이온은 무표정 속에 동생에 대한 감정을 실은 목소리를 흘렸다.

"홀라덴의 성위기사와 만나게 해줘."

"네이 경 말이냐?"

케이온은 샤렌이 이오나와 함께 알포네에 올랐다가 변을 당했다는 전갈을 받았다. 따라서 샤렌이 만나고 싶다는 성위기사가 누군지 단박에 파악했다.

"응."

"그녀를 만나는 데 필요한 서류를 만들어주마."

케이온은 망설임없이 대답했다.

샤렌은 입을 열어 무엇인가를 말하려다 말았다.

그런 샤렌을 향해 케이온은 보일 듯 말 듯 고개를 살짝 끄덕였다. 샤렌이 무엇을 말하려는지 알고 있으며 그 마음을 받겠다는 뜻이다.

피식.

샤렌은 결국 웃어버렸다.

케이온도 입술 끝을 당겨 올렸다. 이런 상황만으로는 동생과 완벽히 화해를 했다고는 볼 수 없다.

하지만 케이온은 이 상태로 만족했다.

조만간 동생과 이야기할 기회를 갖게 될 것이다. 지난날과 달리 동생이 자신의 말을 들을 준비가 되어 있기 때문이다. 화해는 그 이후로도 충분했다. 진실을 받아들인 동생이 힘들어하겠지만, 이제 동생도 진실의 고통을 감당할 수 있을 만큼 강해 보였다.

자신이 들어야 할 이야기도 많았다.

케이온은 즉석에서 이오나를 만나는 데 필요한 서류를 작성했다. 저쪽에서 어떻게 반응할지는 모르겠지만, 트라시아 특무대 차장의 직인이 찍힌 접견 요청서를 아무렇게나 취급하지는 않을 것이다.

작성을 완료한 케이온이 서류를 내밀었다.

샤렌은 형이 내민 서류를 받아 들였다.

"고마워."

동생의 짧고 작은 한마디.

케이온은 표정없이 고개를 끄덕이고는 물었다.

"다시 올 거지?"

"응."

"성축일(聖祝日)이 지나기 전에 보자."

얼마 안 있으면 세키나 교에서 기념하는 성축일이다. 케이온은 그전에 보자는 것이었다.

샤렌의 눈에 이채가 흘렀다. 조금 전까지만 해도 자신을 위해 수동적인 모습을 보이던 형이다.

하지만 성축일 전에 보자는 형의 모습은 어딘가 달랐다. 목소리에 실린 무게가 이전과는 사뭇 구분되는 것이다. 제안이라기보다는 강력한 요청에 가까웠다.

머릿속에 번쩍 떠오르는 생각이 있다.

성전!

형이 한 달이나 남은 성축일에 의미를 두고 그 이전과 이후를 구분 짓는다면 반드시 이유가 있을 터.

그 이유가 성전일 가능성이 제일 먼저 떠올랐다.

샤렌은 저도 모르게 침을 삼키며 고개를 끄덕였다.

"몸조심해. 지금 이곳은 성지라기보다는 최전선에 가까우니까."

케이온이 말했다.

"누가 감히 대트라시아 특무대 차장님 동생을 건드리겠어?"

샤렌이 웃으며 대답했다.

미소가 다르다. 예전이라면 노골적인 조소였을 터다. 지금은 확실히 다른 웃음이다. 케이온은 수년 만에 본 동생의 미소에 만족해했다.

Chapter 3

1

"어떻게 됐어?"

특무대 건물을 나서자마자 이시스가 물었다.

샤렌은 품에서 봉투 하나를 살짝 꺼내 보였다. 형이 써준 접견 요청서였다. 봉투 겉면에 트라시아 특무대 직인이 선명히 찍혀 있다.

일련의 사건을 구경한 에르미나는 또다시 의혹에 휩싸였다. 특무대에 들어서자마자 마중을 나온 자는 에르미나도 잘 알고 있는 인물이었다. 갈색머리사내는 최근 트라시아를 넘어 대륙 전체에 이름을 떨치고 있는 얼음의 집행자, 케이온 크라슈에 대한 소문과 모든 면에서 명확히 일치했던 것이다.

조각 같은 외모, 훤칠한 키, 무엇보다 냉기가 풀풀 날리는 표정까지.

하지만 순간 에르미나는 고개를 갸웃거렸다. 자신의 머릿속에 떠올린 생각이 잘못된 것은 아닌가 싶어서였다. 바늘로 찔러도 피 한 방울 나지 않는다던 케이온이다.

한데 빨강머리를 확인한 그의 표정은 감격, 그 자체였다. 상당히 절제하고 있음은 느껴졌지만, 성큼성큼 걸어와 빨강머리를 포옹하는 장면을 보자니 도저히 얼음의 집행자라는 별명과 매치가 안 되는 것이다.

의혹은 금세 걷혔다. 부하로 보이는 특무대원이 그를 크라슈 경이라 부르는 것을 들었다. 에르미나의 생각은 틀리지 않은 것이다.

이후 빨강머리와 케이온은 단둘이 집무실로 들어갔다. 뭔가 대단한 밀담이 있는 모양이었다.

그다지 오랜 시간이 지나지 않아 빨강머리는 집무실을 나섰고, 특무대 직인이 찍힌 서류를 흔들어 보였다. 원하는 것을 얻었다는 표정으로.

결국 이 빨강머리의 영향력이 트라시아 특무대를 움직일 정도라는 뜻이었다. 제아무리 홀렉시움을 구현할 정도인 엄청난 실력을 지녔다지만 에르미나는 당최 이해할 수가 없었다. 이십대에, 그것도 초반에 홀렉시움을 구현한다는 것 역시 쉽게 납득할 수는 없는 일이다.

하지만 사례가 전무한 것은 아니다. 현 홀라덴의 사대성위 모두가 이십대 초반, 심지어는 십대에 홀렉시움을 구현했기 때문이다. 천부적인 자질을 지니고, 사제들의 특별한 축원을 받고, 죽자고 노력했다면, 빨강머리 정도의 나이에 홀렉시움을 구현하는 게 완전히 불가능한 일은 아니란 말이었다.

문제는 그와 같은 전제였다. 무투 수련에 일로매진해야만 저 나이대에 홀렉시움을 구현한다는 이야기다. 정치적 배경을 두거나 영향력을 행사하려면 그에 걸맞은 물리적인 시간 또한 필요하다.

그런데 저 빨강머리는 홀렉시움을 애들 장난처럼 내보이고, 메르타 가문의 귀빈 대접을 받고, 쿠마 가의 차남과 친구로 지내며, 트라시아의 특무대를 찾아가 얼음의 집행자에게 원하는 서류를 받아왔다.

이 정도면 자신이 폴프겐 가를 내세우고 행세를 해도 손색이 있을 터였다. 그러니 에르미나로서는 샤렌의 정체가 혼란스러울 수밖에 없었던 것이다.

"홀라덴의 성위기사들이 어디에 머무는지는 알지?"

"당연하지!"

샤렌의 질문에 이시스가 대답했다.

그 말을 들은 에르미나는 또다시 어리둥절해졌다.

트라시아 특무대에 이어 이번에는 홀라덴의 성위기사를 만나러 간단 말인가?

대체 이번에는 또 누굴 만나는 건가?

에르미나는 저도 모르게 마른침을 꿀꺽 삼키며 빨강머리와 그 친구들을 가느다란 눈으로 바라봤다.

2

성국 홀라덴의 성위기사들과 수위성단이 머무는 곳은 여타 북부 연합군과는 크게 달랐다.

대다수 연합군은 성지 북부에 병영을 치고 주둔했다. 트라시아 특무대의 경우는 업무의 특성상 건물을 임대해 집무 공간으로 사용한다.

하지만 홀라덴의 성위기사와 수위성단은 거의 하나의 독립된 마을처럼 보이는 많은 건물을 사용했다. 이곳이 바로 성지 엔살룸이기 때문이다.

엔살룸에서는 연중 내내 세키나 교의 다양한 행사가 치러지기 마련이다. 그리고 그 행사를 주관하는 몫은 성국 홀라덴에 있다. 사제를 비롯한 관계자들의 파견은 필연적일 수밖에 없기에 홀라덴에는 그들을 위해 작은 마을 단위의 건물을 확보해 둔 것이다.

샤렌 일행은 담으로 둘러쳐진 마을 외곽 입구에서 입장 제지를 받았다. 경비를 서는 수위성단원이 일반인의 출입을 저지한 것이다.

샤렌은 형에게 받은 접견 요청서를 경비병에게 건넸다.

가죽으로 온몸을 휘감은 듯한 특이한 차림새의 청년이 내민 봉투에는 트라시아 특무대의 직인이 찍혀 있었다. 연합군 최강의 세를 자랑하는 제국 트라시아를 무시할 수는 없는 터. 경비병은 즉각 마을 안쪽으로 들어갔다. 상부에 보고를 하기 위함이었다.

'대체 이곳에서 누구를 만나려는 걸까?'

약 10여 분에 걸쳐 기다리는 동안, 에르미나는 계속해 샤렌이 누구를 만나러 이곳에 온 건지에 대해 궁금해했다. 이번에는 또 얼마나 대단한 인물을 만날 건지 은근한 기대까지 되었다.

그리고 몇 분이 지났을 때다.

콰아아앙!

귀청을 울리는 폭음이 마을 중앙 부분에서 터져 나왔다. 피어오르는 먼지 가운데 한 건물의 벽면 한쪽이 통째로 무너져 내린 모습이 보였다.

'이게 무슨……?'

홀라덴의 성위기사와 수위성단이 주둔하고 있는 곳에서 이런 소란이라니!

에르미나는 두 눈을 휘둥그레 뜨고 마을 안쪽에서 벌어지는 일의 정황을 살피는 데 집중했다.

이어 에르미나는 봤다.

번쩍 피어오르는 강렬한 청광을…….

아니, 그것은 짧은 순간 피어올랐다 사라지는 광채가 아니었다. 세상을 뒤덮을 기세로 치솟는 불꽃이었다. 시리도록 새파란…….

위맹하게 타오르는 청염은 무너진 벽면 안쪽, 뿌연 먼지로 뒤덮인 그곳에 있었다. 에르미나가 맨 처음 갑작스런 청염을 망막에 새기는 순간까지도 말이다.

그리고 청염이 확대됐다.

아니, 확대된 게 아니었다. 순간적으로 시야를 가득 채우는 청광에 놀라 불꽃의 크기가 커졌다고 느꼈을 뿐, 실제로는 마치 공간을 뛰어넘듯 청염이 자신들이 서 있는 곳으로 이동해 왔던 것이다.

콰아아아앙!

귀청을 울리는 긴 폭음과 함께였다. 기나긴 폭음의 여운이 아니었다. 마을 안쪽에서 타오르던 청염이 일직선으로 입구에까지 이르는 동안 무너뜨린 건물에서 발생한 소리였다.

새파랗게 타오르는 청염은 방해되는 모든 것을 부숴 버리며 마을 입구에 도착했다. 거기에까지 이르는 시간은 찰나에 불과할 뿐.

에르미나의 눈에는 저 멀리서 치솟았던 불꽃이 한순간 시야를 가득 채울 듯 확대되는가 싶더니 바로 눈앞에 나타난 것처럼만 보였다. 그 위압적인 접근을 의식했을 때는 이미 뒤쪽으로 몸을 물릴 기회조차 놓친 후였다. 청염의 접근은 시공을 뛰어넘었다고밖에 생각할 수 없을 만큼 빨랐던 것이다.

에르미나는 놀란 가슴을 억지로 진정시키며 다시금 정황을 살폈다.

푸른 불꽃이 타오르던 자리에는 한 여인이 서 있다. 폭포수처럼 쏟아져 내리는 검은 머리카락, 커다랗고 고혹적인 눈, 가무잡잡한 피부를 가진 엄청난 미녀였다.

'이 여자를 만나러 온 거란 말이야?'

청염에 휩싸여 마술처럼 나타난 여인을 확인한 에르미나는 내심 부르짖었다. 지금까지 빨강머리가 보여준 것만으로도 그녀는 충분히 놀라는 중이었다.

하지만 만약 저 빨강머리가 나타난 여인을 만나기 위해 이곳에 온 거라면, 지금까지 보여준 모든 것을 합쳐도 비교가 되지 않을 터였다.

놀라 뛰어나온 다른 성위기사들과 수위성단원들의 시선 따위는 전혀 개의치 않고 서 있는 저 여자는 무려…….

.

.

.

홀라덴의 사대성위 중 일인이자, 성검 세야의 주인이며, 지닌바 무력이 한 국가와 맞먹는다는 절대의 강자!

그 이름만으로도 대륙을 위진하는 청염의 성위, 이오나 네이였다.

에르미나가 이오나에 대해 가진 정보는 많았다. 그녀에 대한 것들은 굳이 정보 수집을 위한 조사도 필요없었다. 누구와도 비교를 거부할 정도의 압도적인 무위, 교황조차 컨트롤이 힘들다는 제멋대로의 성격, 스스로의 실력에 못지않은 엄청난 오연함까지, 이오나 네이는 대륙에서 가장 많이 회자되는 인물 중 하나였기 때문이다.

그런 이오나 네이가 건물을 닥치는 대로 부숴가며 입구까지 달려나왔다. 달려오던 기세로 보아서는 일검에 하늘을 가른다는 그녀의 세야를 휘두를 것만 같았다.

하지만 에르미나는 그녀의 표정을 볼 수 있었다. 놀라움을 담고 있었으나, 이오나의 표정에 담긴 감정은 분명 적개심이 아니었다.

커다란 두 눈이 흔들리고 있다.

저 이오나 네이가 누군가를 봤다는 사실만으로 동요하다니!

그 하나만으로 에르미나가 놀라기엔 충분했다. 나른한 목소리와 세상 모두를 눈 아래로 내려다보는 듯한 태도가 가진 바 무위만큼이나 유명한 이오나 네이였기 때문이다.

지금 이오나의 표정은 흡사 얼음의 집행자, 케이온의 그것과 닮아 있었다.

놀라움 속에 담긴 반가움이랄까?

아니, 여자 특유의 직감으로 느껴지는 바는 반가움 이상의 무엇을 표현하고 있는 표정이었다.

'대체 왜 이 자식만 보면 다들 저런 표정인 거야?'

에르미나가 의아해할 때였다.

흔들리는 시선으로 빨강머리를 바라보던 이오나가 입을 열었다.

"살아 있었네?"

격한 행동에 비해, 고조된 감정을 드러낸 표정에 비해 다소 차분한 목소리였다. 그리고 당연하게도 반말이었다.

"응. 운이 좋았어."

"……!"

에르미나는 두 눈을 찢어질 듯 부릅떴다. 당장 면봉을 찾아 귀를 후비고 싶었다. 자신이 지금 들은 말을 믿기 힘들었다. 들었던 바에 의하면, 교황조차 이오나에게 반말을 하지 않는다고 한다.

그런데 이 빨강머리의 방금 전 발언은 반말이었다. 에르미나가 자신이 잘못 들은 것은 아닌가 생각할 수밖에 없는 일이었다. 이오나 네이를 향한 반말은 남부의 명문, 쿠마 가의 직계 후손에게 반말을 하는 것과는 차원이 다른 일이었던 것이다.

하지만 에르미나는 이어진 장면에 자신의 새로운 능력을 확인했을 뿐이다. 빨강머리의 반말을 듣는 순간, 자신이 뜰 수 있는 최대의 크기로 눈을 떴다고 생각했다.

하지만 눈앞에서 벌어진 일을 확인하는 그녀는 앞서 떴던 것보다 훨씬 더 크게 눈을 뜰 수밖에 없었다. 에르미나는 평생을 살며 자신이 뜰 수 있는 최대치의 크기로 두 눈을 부릅뜨는 색다른 경험을 하게 된 것이다.

에르미나를 경악하게 한 장면.

그것은 청염의 성위 이오나 네이가 빨강머리의 품으로 달려드는 모습이었다.

저 청염의 성위가 한 마리 작은 새처럼 빨강머리의 가슴에 안겨드는 장면은 에르미나에게 완벽한 충격이었다. 아니, 이오나 네이에 대해 한마디라도 들은 적이 있는 대륙인 전원이 이 장면을 본다면 충격을 받지 않을 수 없을 것이다.

'거, 거짓말……!'

충격을 넘어선 광경에 에르미나는 미처 알지 못했다. 자신이 할 수 있는 최대한으로 벌어진 건 두 눈뿐이 아니었다. 턱관절이 사라진 듯 입 또한 한계치까지 벌리고 있었던 것이다.

3

'내가 잘못 본 거겠지. 아니, 분명 잘못 본 거야.'

에르미나는 멍한 표정으로 연신 같은 말을 되뇌었다. 또 빨강머리 녀석은 이오나 네이와 함께 둘이 방으로 쏙 들어가 버렸다. 남은 것은 금발과 갈색머리, 그리고 자신이었다.

와중에 에르미나가 계속 부정하는 것은 빨강머리와 청염의 성위가 만났을 때의 광경이었다. 찰나의 순간에 불과하지만 빨강머리의 품 안에 안겨들 때, 풍성한 이오나의 속눈썹에 작은 물방울이 맺혀 있는 것을 본 것만 같았다. 에르미나는 정황상 눈물이라고밖에 생각되지 않는 그 물방울이 실재가 아니라고 계속해 부정하고 있었다. 저 빨강머리가 설령 신이라 해도 단지 얼굴을 봤다는 이유만으로 눈물을 흘릴 이오나 네이가 아닌 것이다.

불현듯 드는 생각이 있었다. 혹시 빨강머리와 방 안에 들어간 여자가 이오나 네이가 아닐 수도 있다는 생각이었다. 물론 강력하기 짝이 없는 청색의 홀렉시움과 공간을 압축하는 듯한 이동 속도, 그리고 닥치는 대로 건물을 부쉈음에도 누구하나 나무라지 못하는 위세를 미루어 그녀가 이오나 네이일 가능성은 매우 높았다.

하지만 앞서 행한 모든 것이 청염의 성위와는 100% 반대되는지라 이 같은 회의를 느끼게 된 것이다. 어리석은 의문일지 몰라도 에르미나는 확인할 필요를 느꼈다.

"저……."

"네?"

여느 때처럼 외부의 자극에 가장 민감하고 빨리 반응하는 것은 금발이었다.

"샤렌님과 저 안에 들어간 여자분 말이에요."

"네."

"혹시 네이 경이 맞는 건가요?"

에르미나가 조심스레 물었다.

"그 네이 경이 청염의 성위라 불리는 이오나 네이 경을 칭하는 거라면… 맞아요."

"아, 그렇군요."

'그렇군요는 무슨!'

저도 모르게 말을 해놓고는 금세 후회하는 에르미나였다. 타인을 통해 확인을 하자 머릿속이 더 복잡해지는 중이었다.

대체 저 빨강머리가 이오나 네이와 무슨 관계이기에 세상에 다시없는 진지한 표정으로 눈물까지 글썽이며 맞이한단 말인가?

그때 방문이 열리며 이오나와 샤렌이 걸어나왔다. 들어갈 때와는 달리 나오는 두 사람의 표정은 꽤나 무거워 보였다.

"아무런 전갈 없이 그냥 가도 되겠어?"

빨강머리가 더없이 친숙하게 이오나에게 말했다.

"흥! 내가 볼일이 있어서 찾아가겠다는데!"

'저거야!'

나른함 속에 여실히 묻어나는 오연함.

저 모습이야말로 소문 속의 이오나 네이와 완벽히 부합되는 장면이었다.

하지만 어쩐지 이상하다. 에르미나는 그 어색함의 정체를 금방 파악할 수 있었다. 이오나 네이가 반말로 던져진 샤렌의 말을 당연히 받아들이고 있는 것이다. 아까도 보긴 했지만, 저 청염의 성위에게 누군가 반말을 하고, 그것을 또 거부감 없이 받아들이는 모습이 아직도 어색하기만 한 것이다.

"하긴……."

빨강머리가 피식 웃음을 터뜨렸다.

그 미소가 다시금 에르미나의 신경을 건드렸다. 브리올렛이라는 꼬맹이에게 그랬던 것처럼 저 빨강머리는 자신에게 보여줬던 그 속을 발칵 뒤집는 미소가 아닌 편안한 미소를 짓고 있었던 것이다. 그게 왜 자신의 속을 뒤집는 건지는 깊이 생각하지 못한 채, 그저 자신에게만 요상한 미소를 지어 울컥하게 만드는 샤렌이 못마땅한 에르미나였다.

"자, 그럼 가볼까?"

빨강머리의 말에 금발이 물었다.

"어딜 가는데?"

"이오나가 아무래도 슈바른 대공하고 상의하는 게 좋을 것 같다고 해서 말이야."

"아! 그렇군. 이런 문제라면 확실히 검공께서 나서주시는 게 유리하겠지."

빨강머리가 말하고 금발이 고개를 끄덕인다.

그 말을 들은 에르미나는 멍해졌다. 저 두 사람이 말한 '슈바른 대공', 그리고 같은 사람을 칭하는 '검공'이 누군가?

검공 테오타신.

그는 이 시대를 대표하는 대검호이자 체트린 왕국에서 국왕보다 더 존경받는다는 거물 중의 거물이었다.

에르미나는 하마터면 빨강머리를 향해 소리를 지를 뻔했다.

'너, 대체 정체가 뭐야?'

하지만 그녀는 억지로 어금니를 악물었다. 자신이 누구 앞에 서 있는지 새삼 깨달았기 때문이다. 에르미나 역시 어지간한 상대에게 겁을 먹을 이유가 없었다. 내로라하는 기사라 해도 그녀 앞에서는 한 수 접고 들어갈 정도의 실력을 갖췄기 때문이다.

그러나 상대는 이오나 네이다. 그녀가 제대로 휘두르는 검이라면 자신 따위는 단 한 수에 두 동강이 나고도 남음을 알고 있다. 결코 자신이 경거망동할 자리가 아닌 것이다. 연속된 충격 때문인지 에르미나는 적어도 이 순간, 자신이 베오타 왕국의 명문 중의 명문, 폴프겐 가의 후예라는 사실을 망각할 수밖에 없었다.

"그런데 저 여자는 누구야?"

이오나의 나른한 한마디에 샤렌을 포함한 세 남자의 시선이 에르미나에게 집중되었다.

"에르미나 폴프겐."

샤렌이 대답했다.

'너무 짧잖아!'

샤렌의 소개에 에르미나는 저도 모르게 미간을 찌푸렸다. 지금껏 누군가 자신을 소개하며 저토록 무성의한 적이 없었던 것이다.

"폴프겐?"

이오나는 잘 모르겠다는 듯한 표정이었다.

그제야 에르미나는 자신이 누군지 새삼 깨달았다. 개인적인 명성이나 능력을 떠나, 자신은 천상십화라 칭하는 대륙 최고의 미녀 중 하나였다. 이오나가 천상십화에 이름을 올리지 못한 건 미모의 손색 때문이 아니라, 그녀가 성위기사이기 때문이다.

하지만 그것까지 고려해 이오나만을 추켜세울 이유가 없었다. 에르미나는 조금 전까지 자신이 지나치게 위축되어 있었다는 사실을 자각한 것이다. 생각해 보면 만난 것은 아까 전인데 이제야 소개를 받는 것 자체가 모욕적인 일이었다. 대륙에 있어서 그 누구도 폴프겐 가의 후예를 이렇듯 홀대할 수는 없는 것이다.

"인사가 늦었습니다. 베오타의 폴프겐 후작 가의 에르미나입니다. 명성이 자자한 청염의 성위를 뵙게 되어 영광입니다."

에르미나는 스스로 소개에 나섰다.

지금껏 위축되었던 자신을 떨쳐 내기 위해서 예의는 갖추되 최대한 당당한 모습을 보였다. 소문이란 늘 과장되기 마련이다. 압도적인 무력이야 눈으로 확인했다지만 들은 것처럼 강인하고 오만한 여자가 아닐 가능성이 높았다. 제아무리 청염의 성위입네, 일대 검호입네 하고 세상이 떠받든다지만 남자를 만났다고 눈물이나 글썽이는 여자일 뿐임을 직접 확인했던 것이다. 평소 에르미나가 꼴불견이라 여겼던 여성상에 부합되는 행동이었다. 괜스레 무력이나 명성에 주눅이 들 필요가 없다고 에르미나는 스스로를 다독였다.

"이오나 네이에요."

이오나는 가볍게 에르미나의 소개를 받아들였다.

'그게… 끝이야?'

에르미나의 주먹이 절로 말렸다. 더 이상의 말은 없었다. 지나가다 마주친 사람의 인사를 받는 듯 흘려 말하고는 곧바로 빨강머리 쪽으로 고개를 돌려 버리는 이오나 네이였다. 이럴 때는 평소 듣던 소문과 하등 다를 바가 없는 그녀였다.

"잘 아는 사이?"

"어쩌다 알게 된 사이."

"그렇군."

'또 그게 끝이야?'

이오나와 빨강머리의 대화를 들은 에르미나는 말아 쥔 주먹에 힘을 줬다. 명문가의 후손으로, 천상십화로 뭇 남성들의 추앙을 받으며 살아온 에르미나에게 있어서 자신이 이토록 하찮게 취급받는 것 자체가 수치스럽게만 여겨졌다.

만약 이 자리에 홀렉시움을 장난처럼 구현하는 빨강머리와 청염의 성위가 없었다면 벌써 수십 번은 폭발하고도 남을 에르미나였다.

하지만 손톱 끝이 손바닥을 파고드는 것을 느끼면서도 에르미나는 성질을 억눌러야만 했다. 소문에 부합되는 이오나네이라면 그녀에게의 실수는 치명적일 수밖에 없다. 자신이 그녀의 기분을 거스르면 당장 베오타로 달려가 폴프겐 가문을 박살 내고도 남을 그녀인 것이다.

'저 빨강머리와 얽힌 인간들은 모두 상식 밖이야. 그런 거야.'

에르미나로서는 이들을 정상적인 태도를 바라서는 안 된다고 스스로를 다독이는 게 최선이었다.

Chapter 4

1

이번에야말로 에르미나는 충격을 덜기 위해 만반의 준비를 마쳤다. 저 체트린의 검공 테오타신 슈바른이 자신의 숙소 입구까지 뛰어나온다면 그 이유가 청염의 성위 때문이라고 생각하면 될 일인 것이다.

미리 준비를 한 데는 이유가 있었다. 지금까지 빨강머리가 보여준 인맥은 상당했고, 그가 발휘할 수 있는 영향력을 감안하면 감탄이 나올 정도긴 했다. 그 정점은 당연히 청염의 성위인 이오나 네이였다.

하지만 검공 테오타신은 다르다. 앞서 봤던 여럿과는 뚜렷한 차이가 있다. 메르타 가의 꼬마 아까씨도, 쿠마 가문의 차남도, 트라시아의 얼음의 집행자도, 그리고 이오나 네이까지 모두가 샤렌과 큰 나이 차가 없었다. 즉, 이오나 네이를 제외하면 차후 대륙에서 막대한 영향력을 발휘하겠지만, 당장에 무엇인가를 하기 위해서는 전반적으로 어린 나이였다.

그러나 검공은 다르다. 나이도 나이지만, 그는 명성 하나만으로도 북부 연합에 속해 있는 여느 왕국의 국왕에 못지않은 영향력을 발휘할 수 있는 역량이 있는 인물이었다.

저 빨강머리가 그런 대단한 거물이 입구까지 달려나올 정도의 인물이라고는 믿기 힘들었다.

이는 빨강머리가 지금보다 몇 배나 되는 크기의 홀렉시움을 만들어낼 수 있다 해도 마찬가지였다.

"이럴 수가!"

커다란 목소리와 함께 입구와 연결된 복도 안쪽에 화려한 차림의 한 노인이 나타났다. 강인한 인상과 날카로운 눈매, 그리고 허리에 찬 검만 봐도 에르미나는 그가 테오타신임을 쉽게 알아차릴 수 있었다.

양손을 들어 올리며 감탄사를 내뱉은 그가 노인답지 않은 빠른 걸음으로 복도를 가로질러 왔다. 검공은 금세 입구에 도착했다.

그리고 그가 바라보는 사람은 이오나가 아니라 빨강머리였다.

"정말… 자네란 말인가?"

빨강머리가 웃는다. 씨익 하고. 물론 이번에도 자신에게 보여주었던 것과는 다른 종류의 미소였다.

테오타신이 빨강머리를 향해 한 걸음을 성큼 내딛는다.

그리고 양팔을 벌려 그를 안았다. 마치 잃어버린 아들을 되찾은 늙은 아비처럼.

이로써 명확해졌다. 테오타신이 입구까지 달려나온 이유는 청염의 성위가 아니라 이 빨강머리 때문이었다.

문제는 대체 왜냐는 거다!

이 인간이 뭐길래?

수많은 검사의 존경을 받는 검공이 자신이 머무는 곳 문 앞까지 뛰어나와 반기냔 말이다!

정말이지, 에르미나는 꼭 한 번 묻고 싶었다.

넌 누구냐?

에르미나로서는 도저히 알 수 없는 일일 수밖에 없다. 테오타신이 자신의 호기심을 충족시키려다가 이 청년을 죽음으로 몰고 간 상황이 되어버렸고, 그로 인해 이오나에게 얼마나 시달렸는지 그녀로서는 알 도리가 없는 것이다. 테오타신에게 있어서 살아 돌아온 샤렌은 이오나에게 받아야만 하는 설움(?)과 압박(?)에서 건져 줄 구세주나 다름없었던 것이다. 그러니 진심으로 샤렌의 생환을 반기는 테오타신의 표정과 행동이 더더욱 이해가 되지 않을 수밖에 없는 에르미나였다.

2

이전과 달리 이번에는 테오타신의 집무실로 샤렌 일행 전원이 들어갔다. 커다란 집무실에는 널찍한 소파가 있어 일행 모두를 수용하고도 여유가 있었다.

그리고 샤렌은 단도직입적으로 자신이 알포네에서 겪은 일 중에서 동천의 업에 관한 이야기를 꺼내 들었다. 샤렌이 어떻게 살아남을 수 있었는지 궁금해하는 테오타신의 호기심은 외면한 채로.

샤렌의 설명이 끝나자, 테오타신은 샤렌에 관한 여타의 질문을 꺼내 들 수가 없었다. 사안의 중대성이 너무나 컸기 때문이다.

사실 이오나의 복수를 돕는 척하며 모리엔트에서 벌어지고 있는 일을 조사하려던 테오타신이다.

한데 샤렌이 그에 관한 내용을 전해주었고, 그 엄청난 내용을 알게 되었으니 개인적인 호기심 따위는 뒷전으로 미뤄둘 수밖에 없었던 것이다.

놀라는 것은 에르미나가 더했다. 빨강머리와 이오나, 그리고 테오타신이 저 알포네를 넘어 엔살룸에 도착했다는 사실도 놀라웠고, 모리엔트의 이종족이 대륙 제패의 야욕에 불타고 있다는 사실도 놀라웠다.

아니, 놀랍다기보다는 도저히 믿을 수가 없었다. 저 험한 산중에 인간처럼 말을 하고, 문명을 형성하다 못해 인간을 지배하려는 낯선 존재들이 있다는 말을 쉽게 받아들이기가 힘든 것이다.

무엇보다 샤렌이 전하는 내용의 전제가 모리엔트의 이종족이 인간보다 우월한 무력을 가지고 있고, 그를 행사하려는 데에 있다는 것이다.

기본적으로 빨강머리의 말은 아우티카의 축복을 통해 지상 최고의 우월적 개체로 존속해 온 인류에 대한 부정이었다. 유일신 아우티카는 인간에게 이 세상을 조화롭게 다스리게 하셨지, 고룡 아르고스의 위대한 업적에 기대 간신히 존속하도록 하신 게 아닌 것이다. 세키나 교의 신자인 에르미나에게 있어서는 부정을 넘어서 거부감마저 일으키는 발언이었다.

그런데 왜?

왜 세키나 교의 수호자인 청염의 성위가 저 빨강머리의 말에 침묵하고 있단 말인가?

그리고 왜 저 무적의 대검호 테오타신이 미간에 골 깊은 주름을 잡으며 수심 가득한 표정을 짓고 있단 말인가?

에르미나는 검공과 청염의 성위가 빨강머리의 허황된 말을 있는 그대로 받아들이고 있다는 사실을 부정하고만 싶었다.

하지만 그녀의 기대는 여지없이 무너졌다.

"모리엔트의 이종족이 하나로 뭉쳐 산하 정복에 나선다라……."

나직하게 읊조린 테오타신이 샤렌에게 물었다.

"서천의 군대에 대해 자세히 아는 바가 있나?"

테오타신의 질문.

이는 곧 빨강머리의 말이 진실임을 수긍한 이후의 것이랄 수밖에 없다. 다시 말해, 검공은 빨강머리의 말에 전혀 의심을 갖지 않고 있는 것이다. 제아무리 함께 알포네를 넘으며 이종족의 실존을 체험했다 해도 이 같은 사실을 저토록 쉽게 인정해서는 안 되는 일이다.

검공 역시 세키나 교의 신자가 아닌가?

"정확한 숫자에 대해 제가 알 기회는 없었습니다. 하지만 인간 세계에 충분한 위협이 되리라는 건 분명합니다. 대공이나 이오나 정도라면 몰라도 보통의 사람들에게는 단 하나의 은익의 성휘족이라도 재앙이 될 테니까요. 한데 그 은익의 성휘족마저 하찮게 여기는 자들의 숫자가 한둘이 아닙니다."

샤렌의 대답에 테오타신은 고개를 끄덕였다. 대륙의 남, 북부를 통틀어 이오나와 자신 정도의 무위를 지닌 자는 극소수에 불과했다. 어지간한 기사라면 은익의 성휘족은커녕 서천 회랑족이나 흑랑족, 아니, 묘수야족조차 감당하지 못할 게 분명했다.

"자네 말대로 저들이 소수라 해도 대륙은 큰 혼란에 휩싸일 걸세. 성전 이후의 혼란 상태라면 더더욱 그럴 것이고……."

"기본적으로 저들이 가진 인간에 대한 인식이 큰 문제입니다. 하찮은 벌레! 아마도 그 자체로 인간을 여기고 있을 것입니다."

"흥!"

샤렌의 말에 이오나가 나직이 코웃음을 흘렸다. 샤렌의 발언을 비웃는 게 아니었다. 자신을 하찮게 여기는 서천의 이종족이 가진 생각을 못마땅하게 여기는 것이다.

"저들의 숫자가 많다면… 인류의 존속에 대한 위협이 되겠지."

"제 생각도 그렇습니다."

비록 빙산의 일각에 불과할 뿐이지만, 샤렌은 자비에를 통해 제천의 후예가 가진 힘을 엿봤다. 그 신비한 능력은 확실히 인류에게 대재앙이 될 것이다.

"미지의 상대라 해서 모두가 두려워하는 것은 아니지."

이오나가 특유의 말투로 입을 열었다. 제천의 후예가 어느 정도나 강한지 그녀는 모른다.

하지만 분명한 것은 은익의 성휘족이 그녀에게 위협이 되지 않는다는 사실이었다. 기본적으로 제천의 후예가 아무리 강하다 한들 두려움을 가슴에 품을 이오나가 아니었다.

"당신 말이 옳아, 이오나. 하지만 성전이 인류가 가진 힘의 얼마만큼을 빼어갈지도 모르잖아."

패배를 가정하지 않는다 해도 성전 이후의 약화된 인류의 전력으로 인해 더 큰 피해가 야기될 수 있다는 말이었다.

샤렌의 말에 이오나가 물어왔다.

"그대는 지금 성전을 막아야 한다는 건가?"

이오나의 질문에 대답한 건 샤렌이 아닌 테오타신이었다.

"막을 수 있다면 막는 게 최선이겠지."

이오나는 못마땅한 기색을 드러냈다.

하지만 입을 열어 반박하지는 않았다. 샤렌이 어떤 생각을 가진지는 이미 확인을 한 셈이었고, 그의 말에 반대하고 싶지 않았기 때문이다.

"막을 수 있다면…… 이라는 것은 성전을 막는 게 불가능하다는 뜻입니까?"

샤렌의 질문에 테오타신의 눈에 이채가 감돌았다. 죽었다가 살아 돌아온 이 청년을 다시 만났을 때부터 무엇인가 묘하게 그의 신경을 건드리고 있었다. 확실히 규정지을 수는 없는 미묘한 감각이었다.

그리고 지금에 와서 테오타신은 신경 쓰이는 문제가 무엇인지 파악할 수 있었다. 이질감이다. 같은 사람인 건 분명한데 눈앞의 샤렌은 자신과 함께 알포네에 올랐던 샤렌과 뭔가 달랐다. 단순히 죽었다가 살아난 경험으로 인해 성숙해진 것과는 구분되는 차이점이다. 그로 인한 이질감이 계속해 테오타신의 신경을 자극하는 것이다.

하지만 테오타신은 자신의 직감이 이 젊은이를 죽음 직전까지 몰고 갔다는 것을 잊지 않고 있었다. 아니, 잊을 수가 없었다. 그로 인해 이오나가 심지에 불붙인 기름통이 되어 자신의 품 안에 있는 듯 지내왔기 때문이다.

"자네 말대로일세. 지금에 와서 성전을 막는다는 것은 불가능한 일이지. 성축일이 지나면 성전은 반드시 발발할 걸세."

단정적인 테오타신의 말에 검공이라는 위세에 죽어 침묵하던 이시스가 입을 열었다.

"아니, 슈바른 대공과 네이 경이 말씀하시는 걸 귓등으로 들을 자들이 있단 말씀이십니까?"

이시스의 질문에 테오타신이 씁쓸한 미소를 입에 걸었다.

"성전이야말로 완벽한 명분을 내세운 대륙 최대의 이권 다툼일세."

이시스는 이재에 밝은 상인의 후손이었다. 성전의 이면에 막대한 실리가 걸려 있음을 알고 있었다.

하지만 그게 전부는 아닌 모양이었다.

"이는 표면적으로 드러난 엔살룸에 매장되어 있는 막대한 광물에 국한되는 것이 아닐세."

"그럼……?"

"에슬란이 크샤트린으로 이름을 바꾼 게 벌써 수십 년 전의 일일세. 이후 대륙은 이렇다 할 분쟁 없이 평온한 역사만을 기록해 왔네."

"그거야말로 사람들이 바라는 바가 아닙니까?"

일단 말문이 트여선지 이시스는 떠오르는 생각을 곧바로 입에 담았다.

"대다수의 사람들이 바라는 바겠지."

테오타신이 이번에는 실소를 터뜨렸다.

"잘된 일이 아니겠습니까? 대다수 사람들이 평화를 원하고 있는데, 저 모리엔트의 이종족으로 인해 전쟁을 막을 수 있다면 말입니다."

"후훗, 세상은 대다수의 사람들이 바라는 대로 움직이지 않네. 아니, 오히려 그들이 바라지 않는 방향으로 움직일 수밖에 없는 거지."

"……?"

테오타신의 설명을 이시스는 여전히 납득하기 힘들었다.

"자세한 내용을 이 자리에서 모두 설명하기란 불가능한 일일세. 간단히 말하자면, 성전을 통해 어떤 이들은 지금보다 막강한 권력을 갖게 될 것이며, 어떤 이들은 지금보다 많은 부를 축적하게 될 걸세. 그리고 그와 같은 이득을 바라보는 자들이 대륙의 북부를 지배하다는 거지."

"잃는 게 아니라 얻게 된다고요?"

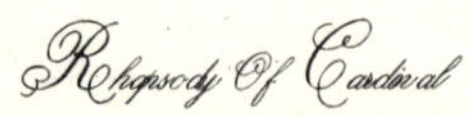

이시스가 묻자, 테오타신이 고개를 끄덕였다.

"두 가지만 말하지. 첫째, 배부른 백성은 더 이상 애국이니 충성이니 하는 관념에 자신을 할애하지 않는다네. 권력을 행사하는 위정자에게 이 같은 현상은 바람직하지 않지. 저들에게 필요한 것은 신앙에 필적하는 맹목적인 충성과 애국심이야. 둘째, 전쟁은 필연적으로 물자를 필요로 한다네. 전쟁이 진행되는 동안, 그리고 복구하는 기간에 말일세. 물자를 공급하는 사람도, 파는 사람도 막대한 부를 축적할 기회가 아니겠나? 그러니 이 두 가지만으로도 전쟁을 일으킬 이유는 충분하지."

나라에 큰 어려움이 생기면 백성들은 하나로 뭉치기 마련이다. 개인의 행복이나 이념 따위는 국가의 안위를 위해 당연히 희생되어야 할 가치관으로 추락한다. 신앙이 뒷받침되는 전쟁이라면 더욱 그렇다. 이를 통해 왕의 절대적인 권력을 획득하게 된다는 사실은 대륙의 역사만 확인해 봐도 손쉽게 이해할 수 있다.

전쟁에 필요한 물자, 그에 대한 거래를 통해 막대한 부를 창출하는 것은 이시스에게 더욱 이해가 잘 가는 일이었다. 달튼 가가 이끄는 프레이안 상회가 비약적인 성장을 할 때마다 전쟁이 있었다는 사실을 알고 있기 때문이다.

"전쟁이 기득권을 가진 특정 층에게 필요할 수 있다는 건 어렴풋이나마 이해를 할 수 있겠습니다. 하지만 샤렌을 통해 알게 된 문제는 그와 같은 이해관계나 탐욕을 넘어서기에 충분하지 않습니까?"

이번에는 이시스가 아닌 드리튼의 질문이었다.

"제 눈앞에서 벌어졌다면 제일 먼저 대안을 세워야 한다고 난리를 내겠지. 하지만 전쟁에 얽힌 이해관계란 실로 복잡하기 짝이 없다네. 기득권자라 해도 모두가 전쟁에 찬성하는 것은 아니고, 전쟁을 통해 얻으려는 이득 역시 저마다 다르다네. 이번 성전은 그 많은 문제의 포괄적인 결론일세. 검증되지 않은 변수란 제아무리 강력해도 정해진 결과를 바꿀 수 없다는 거지. 소위 말하는 가진 자들에게 눈앞에 보이는 제각각의 이득이 너무나 크니까 말일세."

"그럼 결국 이런 엄청난 위기를 알고 있는데 준비할 수 있는 게 아무것도 없다는 겁니까?"

드리튼이 차분한 목소리로 재차 질문했다.

"아무것도 없는 건 아니지."

테오타신이 날카롭게 두 눈을 빛냈다.

"성전은 필연적으로 소모적일 수밖에 없다네. 단기간에 끝날 수도 없고 말이지. 남북부의 힘에는 큰 차이가 있는 게 아니거든."

테오타신의 설명에 오랜 시간 묵묵히 있던 샤렌이 입을 열었다.

"전쟁을 막을 수 없다면 소모의 정도를 조절해 볼 수는 있겠군요."

테오타신의 눈이 샤렌을 향하며 더욱 빛을 발했다. 알포네에서와는 다른 관점에서 샤렌에게 흥미를 느끼기 시작한 것이다.

"상당히 어려운 일이 될 걸세. 앞서 말했듯이 전쟁을 통해 얻고자 하는 바가 각각 다르니까 말일세."

"그래도 승리를 위한 지향점은 같지 않습니까? 설마 패배를 위한 전쟁을 시작하려 들지는 않을 테니까요."

다시 나선 것은 이시스였다.

테오타신은 다시 실소를 터뜨렸다.

"자꾸만 이야기가 복잡해지는구먼. 전쟁이 길어지면 진 것보다 안 좋은 상황도 벌어진다네. 누군가는 그에 대한 책임을 져야 할 것이고, 그 상황 속에서 이득을 보게 되는 자도 있지. 제일 쉽고 간단한 예는 자네들이 속해 있는 트라시아 제국을 보면 되네."

"트라시아 제국이오?"

"그렇지. 연합국 중 다수와 홀라덴은 이번 성전을 통해 트라시아의 군사력이 최대한 소진되길 바랄 걸세. 지금의 트라시아는 지나칠 정도로 위협적이거든."

"아!"

이시스는 저도 모르게 탄성을 터뜨렸다. 홀라덴에서 파견 나온 대주교와 저항군의 대화를 엿들은 적이 있는 그다.

그런 이시스의 반응은 테오타신의 눈에 또 다른 이채가 감돌게 했다. 정치적 이해관계를 너무 쉽게 이해했기 때문이다.

'이 녀석의 친구라 이건가?'

테오타신의 가늘어진 두 눈은 다시금 샤렌에게로 향했다.

그는 잠시 후 입을 다시 열었다.

"무엇보다 우리가 행사할 수 있는 모든 일이 반쪽에 불과하다는 게 문제일세."

"확실히 소모는 일방적으로 줄일 수 있는 게 아니지요."

드리튼이 고개를 끄덕였다. 테오타신은 말은 남부혈맹을 염두에 둔 것이다. 제아무리 검공, 청염의 성휘라 해도 남부연합에 영향력을 행사할 수는 없기 때문이다.

드리튼의 반응은 또 테오타신을 자극했다.

'겉보기에는 둔해 보이는데…….'

테오타신이 보기에는 오히려 금발의 이시스보다 드리튼이 더 핵심을 잘 파악하는 듯했다.

"하지만 균형을 맞출 가능성이 아예 없는 건 아니지요. 남부혈맹에 소식을 전할 근간은 갖춰져 있으니까요. 그렇지, 샤렌?"

뜬금없는 드리튼의 말에 테오타신이 눈을 크게 떴다. 샤렌이 남부혈맹에 영향력을 발휘할 수 있다니, 그로서는 당최 무슨 이야긴지 이해할 수 없었기 때문이다.

"과연 얼마만큼이나 가능할지 아직은 짐작조차 할 수 없어서 뭐라 말하기가 힘든걸."

샤렌은 미간을 찌푸리며 드리튼의 말에 대답했다.

그때 에르미나가 끼어들었다.

"64명가 중 메르타 가문과 쿠마 가문을 합친 영향력은 막대하다고 볼 수 있지 않겠어요? 두 가문에서 샤렌님께 보인 호의를 생각하면 북부 연합에서 슈바른 대공이나 네이 경이 힘을 써주시는 것만큼의 효과는 볼 수 있을 텐데요."

말을 하고 있는 여자가 베오타 왕국 폴프겐 후작의 무남독녀임을 소개받은 테오타신이었다. 그런 에르미나가 이런 자리에서 허황된 소리를 할 리는 없다. 한데 샤렌과 메르타 가, 그리고 쿠마 가의 연관성에 대해 논하자 놀라지 않을 수 없었다.

"메르타와 쿠마라고?"

테오타신은 두 눈을 휘둥그레 떴다. 샤렌과 알포네에서 헤어진 지 아직 두 달이 채 안 됐다. 그사이에 샤렌이 어떻게 남부의 두 명가에 영향력을 발휘할 만큼의 관계를 맺었는지 궁금할 수밖에 없었다.

샤렌은 테오타신의 시선을 받아넘기며 고개를 좌우로 흔들었다.

그리고는 테오타신과 이오나를 번갈아 보며 말했다.

"직접 경험하신 두 분과는 달리 제가 그들에게 모리엔트의 이종족에 대해 입증할 방도가 없습니다. 제가 말을 전할 수 있는 경로 역시 제한적입니다. 명가의 가주들이 아닌 후대와 인연을 맺고 있을 뿐이니까요."

"그래도 아예 말할 곳조차 없는 것보다는 낫겠지."

이오나가 특유의 어조로 샤렌의 말을 받았다.

이시스가 끼어든 건 그때였다.

"후대가 아닌 곳도 있잖아?"

"거긴 아직 신뢰를 할 수 없잖아."

"거기라니?"

샤렌의 말에 테오타신이 즉각적으로 반응했다. 짧은 시간 동안 메르타, 쿠마 가문의 후대들과 뭔가의 인연을 맺은 모양인데, 그게 전부가 아니라니 호기심이 생겼던 것이다.

관심을 보인 것은 테오타신뿐이 아니었다. 에르미나 역시 두 눈을 빛냈다. 이 빨강머리가 또 얼마나 대단한 연줄을 갖고 있는지 궁금할 수밖에 없었다.

"뭔가를 기대하기에는 이른 곳입니다. 아직은 말이죠."

테오타신은 미간을 찌푸렸다. 샤렌의 대답이 불충분하기 때문만은 아니었다. 이오나로 인해 애써 억누르고 있지만 샤렌에 대한 호기심이 새록새록 되살아나는 중인 것이다.

"사안이 사안인만큼 소홀히 할 수도, 서두를 수도 없는 문제군요."

이오나는 전혀 중요한 문제를 다루는 듯하지 않은 표정으로 말했다.

“일단 저도 이번 성전에 얽힌 이해관계에 대해 좀 알았으면 좋겠습니다.”

“그에 대해서 가장 쉽게 파악하는 방법이 있네.”

샤렌의 말에 테오타신이 지금까지와 달리 쉽게 대답했다.

“뭡니까, 그게?”

“자네 형이 있지 않나?”

정보를 취급하는 데 있어서 트라시아의 특무대만큼 수월한 곳이 또 있을까?

얼음의 집행자가 엔살룸에 도착했다는 사실을 이미 알고 있는 테오타신이었던 것이다.

“형은 이 문제에 대해 모릅니다.”

샤렌은 고개를 저은 다음 말을 이었다.

“게다가 제가 이 사안에 대해 말한다 해도 공무에 관련된 정보를 제게 알려줄 형도 아니고요.”

“흠, 그도 그렇군.”

테오타신은 고개를 한 번 끄덕였다. 성전에 관련한 이해관계라면 특무대에서도 예민하게 다룰 문제였다. 그와 같은 내용이라면 가족에게라도 쉽게 전할 수 없는 것이다.

잠시 망설이던 테오타신이 수염을 쓰다듬으며 말했다.

“일단 우리 체트린이 가진 정보를 정리해서 자네에게 주도록 하겠네.”

테오타신의 호의는 단지 자신의 호기심으로 인해 샤렌이

겪은 고초에 대한 보상만이 아니었다. 체트린에서 전해준 내용을 파악한 샤렌이 어떤 수단을 구상해 낼지 시험해 보고픈 마음이 더 컸다.

"감사합니다."

샤렌은 짧게 인사를 했다.

그리고는 이오나에게 시선을 돌렸다.

"당신은 이 내용을 교황께 전할 수 있겠어?"

이오나는 고운 미간에 주름을 잡았다.

"내가 홀라덴에 직접 가지 않는 한 누군가의 손을 탈 거야."

"제대로 전달되지 않을 가능성도 있는 거야?"

"거의 확실히…… 걸러진다고 봐야겠지. 사실 교황 성하께선 성전에 반대하시는 쪽이거든."

"교황께서 반대하시는데 성전이 벌어진다고요?"

이시스가 눈을 동그랗게 떴다.

이오나는 별다른 말 없이 입을 다물었다.

샤렌 등은 성국 홀라덴에도 뭔가의 복잡하고 정치적인 사연이 있음을 짐작할 뿐이었다. 세상은 자신들이 보고 파악한 것보다 훨씬 더 어렵게 돌아가고 있는 것이다.

Chapter 5

1

인류가 맞이할 위기에 대한 대화이니만큼 길어질 수밖에 없었다. 샤렌 일행이 테오타신의 숙소를 빠져나왔을 때는 이미 사위가 어둠에 잠겨 있었다.

"내일 시간을 비워둘게."

이오나가 샤렌에게 말했다.

"응."

샤렌은 짧게 대답했다.

두 사람의 대화를 보며 에르미나는 다시 한 번 고개를 갸웃거렸다. 두 사람 사이에서 흐르는 묘한 기류를 느낀 것이다.

'대체 무슨 사이인 거야?'

저 빨강머리가 죽을 위기에서 살아 돌아왔다는 건 짐작할 수 있었다. 그렇다고는 해도 빨강머리를 바라보는 이오나의 시선이 범상치 않다. 분명 아쉬움이다. 건들면 터진다던 저 청염의 성위가 더없는 감정을 겉으로 드러내며 빨강머리와의 짧은 이별에 미련을 갖는 것이다. 드러난 감정은 뭇 남성들이 자신을 바라볼 때보다도 뜨겁다.

대체 빨강머리가 뭐기에 청염의 성위가!

여자 특유의 직감으로 이오나의 시선에 담겨진 열기를 느낀 만큼 여자 특유의 감성이 자극을 받았다.

에르미나로서는 누군가를 지켜야 하는 강박적 의무감에 불타는 이오나가 샤렌으로 인해 지켜졌다는 사실을 알 도리가 없었다.

"내일 봐."

"응."

이오나와 샤렌, 짧은 대화에 이어진 각각의 행동에 에르미나는 다시 한 번 두 눈을 휘둥그레 뜬다. 이오나보다 빨강머리가 먼저 몸을 돌렸다. 곁눈질로 살핀 결과, 이오나는 빨강머리가 몇 걸음을 옮긴 후에야 몸을 돌렸다. 역시나 헤어짐에 미련을 갖는 것이다.

'대체 저 녀석이 무슨 수작을 부리고 다니는 거지?'

메르타 가의 꼬맹이도 저 빨강머리를 바라보는 시선이 범상치 않았다. 자신에 대한 견제와 은연 중 드러나는 적개심만으로도 어린 소녀의 감정 정도는 쉽게 짐작이 가능했다.

그런데 청염의 성위마저 빨강머리를 보며 '친구' 이상의 감정을 표출하는 중이다. 여러모로 엄청나다고밖에 할 수 없는 여자들이 저 빨강머리에게 호감을 표출하고 있는 것이다.

에르미나가 이해할 수 없는 점이 바로 그것이었다. 이상한 표정으로 사람의 기분을 뒤집어놓고, 까칠하고 삐딱하기만 한 남자다. 사람의 말을 의심부터 하고 보는 철저히 에르미나의 주관적인 판단하에서 보자면 녀석이 어떻게 저런 대단한 여자들의 관심을 끌 수 있는 건지 납득할 수가 없었다. 겉모습이 제법 빤지르르하다지만 저 정도의 외모는 대륙 남북 사교계에서 어렵지 않게 찾을 수 있었다.

'내가 모르는 뭔가 있다는 건가?'

자신이 모르는 게 있다면 알아내고 싶었다. 어느새 자신이 처한 상황보다 저 빨강머리사내에 대한 호기심에 불타오르고 있는 것이다. 물론 에르미나 스스로는 아직까지 트라시아 특무대에게서 벗어나지 못해 당분간 저 빨강머리와 메르타 가를 이용해야겠다는 핑계로 무장을 하고 있었다. 대륙 북부 명문가 후손이 남부의 명가에 기거하고 있다는 사실이 알려지게 되면 무슨 일이 벌어질까에 대한 우려 따위는 완벽히 외면해 버린 것이다.

무엇보다 조금 전 인류가 멸망할지도 모른다는 엄청난 정보를 듣게 되었다는 사실조차 뒷전인 에르미나였다. 지금의 그녀는 완벽한 비논리적 상태인 것이다. 물론 그마저도 에르미나는 의식하지 못하는 중이었다.

2

"그 유명한 슈바르츤 대공과 이오나가 힘을 합쳐도 별다른 대안을 세우지 못하다니!"

이시스는 한숨을 쉬듯 말했다. 지금껏 그가 생각했던 이오나는, 특히 슈바르츤 대공은 무소불위의 권력자랄 수 있었다. 상인의 후손이기에 권력자들이 실제로 행할 수 있는 막강한 힘에 대해 더 잘 알 수밖에 없었다.

한데 그런 슈바르츤 대공조차 인류의 대위기가 닥쳐오는 상황 속에서 당장 할 수 있는 일이 없다는 게 쉽사리 받아들여지지 않았다.

더구나 교황 직속인 이오나가 교황에게 소식 하나 온전히 전하지 못한다는 것은 더더욱 이해하기 힘들었다. 당최 자신이 살아오면서 보고 알아온 게 무엇인지 의구심이 들 정도였다.

"사실상 샤렌의 이야기가 전부인 상황이잖아. 샤렌의 말 한마디를 근거로 대륙의 판도를 바꾼다는 게 불가능한 거지."

드리튼은 이시스에게인지, 아니면 스스로에게 납득을 시

키기 위함인지 모를 어조로 말했다.

말을 그렇게 했지만 드리튼은 이시스 이상의 많은 상념을 떠올리는 중이었다. 그의 눈에도 테오타신은 자신이 사는 세상의 한참 위에 군림하던 권력자이다. 그런 테오타신의 무력함을 확인한 이후인지라 온갖 생각이 다 떠올랐다. 샤렌, 이시스와 어울려 레비크가 비좁다고 외치던 지난날이 부끄럽게 느껴질 정도였다. 우물 안에서 세상이 좁다며 폴짝이던 것에 다르지 않았던 것이다.

그런 드리튼과 이시스를 보며 샤렌이 가벼운 웃음을 터뜨렸다.

"후훗, 너희 둘 다 너무 심각한 거 아냐?"

"지금 이 마당에 안 심각하면 그게 사람이냐?"

이시스가 어처구니없다는 표정을 지었다. 머지않아 이오나나 검공조차 인정한 엄청난 괴물들이 몰려 내려온다지 않은가!

샤렌은 입가의 미소를 유지했다.

"두 달 전이라면 남이 네 얘기를 듣든 말든 어디 안전한 섬이라도 있지 않을까 찾아봤을 우리가 아닐까?"

"……!"

그제야 이시스는 샤렌이 말한 뜻을 알아들었다. 틀린 말이 아니다. 두 달 전이라면 분명 샤렌의 말대로였을 것이다.

'젠장! 생각해 보니 분위기에 너무 휘말렸네.'

샤렌의 생환에서부터 연이어진 모든 것이 엄청나기 짝이 없었다. 지금껏 살아온 모든 것에서 어긋난, 그리고 무게감이 다르고 스케일이 큰 사건들이 연속되자 자기도 모르게 자연스럽게 일의 중심에 서버린 것이다.

"너희를 뭐라 하는 게 아니야."

샤렌은 미소를 지우고는 진지한 표정으로 말을 이었다.

"다만, 우리가 이 일에 대해 먼저 알았다고 해서 꼭 대단한 결과를 일궈야 한다는 강박관념에 사로잡힐 이유는 없다는 거지."

"하지만 이대로 수많은 사람이 죽거나 괴물들의 노예로 전락하게 내버려 둘 수는 없잖아."

이시스가 곱상한 얼굴을 찌푸렸다.

"물론이지. 당연히 최선을 다해야 할 거야. 그렇지만 최선을 넘어서는 결과를 바랄 필요는 없지. 사실 이런 일에 최선을 다하겠다고 마음먹고 있는 우리 자체로서도 이미 예전과는 비할 바 없이 대견한 거 아냐?"

"하긴……."

여유로운 샤렌의 말에 이시스도 표정을 풀었다. 세상을 구해야 한다는 막연하고 엄청난 중압감에서 조금은 벗어날 수 있었던 것이다.

"게다가 아까 차마 슈바르 대공도 말하지 않았을 내용까지 고려해 보면 어차피 서두른다고 될 일도 아니야."

"슈바른 대공도 차마 말하지 못한 문제가 또 있다고?"

이시스가 물었다.

"응. 나도 메르타 가문의 가주와 이야기를 하면서 느끼게 된 건데……."

"그게 뭔데?"

이시스가 여전히 급한 성격을 드러내며 샤렌을 재촉했다.

"모리엔트에 관한 이야기가 대중에게 전해지면 대륙은 일대 혼란에 빠져들 거야."

"당연한 일이지."

이시스는 생각할 필요도 없다는 듯 대답했다.

"그 혼란은 지금의 우리로서는 상상조차 못할 정도일 거야. 당장 생각해 봐. 인류가 멸망할지도 모른다는 사실이 알려지면 백성들이 왕과 귀족의 통제를 받아들일까?"

"……!"

이시스는 미리 자신이 떠올리지 못했던 가정에 숨을 멈췄다. 그렇다. 어차피 모두 죽을지도 모를 일이 벌어진다면 굳이 왕과 귀족을 모실 이유가 없다. 저마다 자기 살기 위해 발버둥을 칠 것이다.

"왕이나 귀족의 문제만이 아니야. 생존의 본능이 모든 것에 우선하는 상황이라면 말이지…… 지금껏 인류가 쌓아온 가치관… 아니, 법과 도덕, 규범 따위는 모두 뒷전이 된단 말이야. 살고자 하는 욕망은 곧바로 광기로 이어질 거야."

"그런 대공황이라면 자멸이 먼저일 수도 있겠군."

드리튼의 말에 샤렌이 고개를 끄덕였다.

"나와 내 가족을 살리기 위해서라면 살인, 약탈, 방화 따위에 거리낌이 없을 거야. 그 광기가 옮아가는 데는 긴 시간이 필요치 않을 테고 말이지."

상인의 기본은 인간의 본성과 욕망에 대한 탐구에서 시작된다. 재화를 취득하는 데 있어서 최고의 도구이기 때문이다. 인간의 근저에 눌러진 탐욕의 불길이 얼마나 드센지 드리튼과 이시스는 잘 알고 있었다. 따라서 샤렌의 말에 쉽게 동의가 가능했다.

"백성들의 충성심이 미약해져 적을 만들어야 한다는 이유로 성전을 주도하는 권력자들이라면 필사적으로 감춰야 할 정보인 거군."

이시스는 이제야 검공과 이오나가 나서도 이 문제에 특별한 대안을 수립할 수 없는 이유를 알 것 같았다. 아니, 어쩌면 샤렌이 가져온 이 이야기를 자신들 또한 최대한 감춰야 하는 게 아닌가 싶을 정도였다.

"여러 면에서 우리는 이런 일에 대해 뭔가를 판단하기에는 너무나 부족한 상태야. 식견도, 경험도 모두 말이야."

샤렌의 단정적인 말에 이시스와 드리튼은 이견을 제기하지 않았다. 자신들이 세상을 바라보던 창이 얼마나 비좁았는지는 재고의 여지조차 없었던 것이다.

"급하다고는 해도 3년이란 시간이 있잖아? 그동안 우리는 우리가 있을 곳에서 최선을 다해보는 거야."

"우리가 있을 곳에서?"

이시스가 물었다.

"거부하지 말고 말이지."

샤렌은 피식 웃으며 말했다. 조금 전에 한 말은 알포네에서 현자 시우카가 해준 말이다. 전부라고는 할 수 없겠지만, 시우카가 한 말의 의미를 조금은 엿본 듯한 느낌이었다.

샤렌과 이시스, 드리튼은 한동안 말없이 걸음을 옮겼다.

에르미나 역시 조용히 세 사람의 뒤를 좇았다. 방금 전 세 사람의 대화에 대해, 아니, 저 빨강머리가 한 말에 대해 생각하는 중이었다. 지금까지는 도대체 어디서 이런 인간이 튀어나왔나에 대한 의구심에 가득 차 있었다.

하지만 방금 전 대화를 들어보니 빨강머리가 새삼스레 보였다. 막강한 인물들과의 연줄도, 자연스레 홀렉시움을 구현하는 실력도 저 정도라면 당연하게 이룰 수 있다는 생각이 드는 것이다.

오랜 세월 명문가의 후예로 살아온 자신조차 생각할 수 없던 넓은 범주의 사고도 그렇지만, 무엇보다 손쉽게 자신들의 한계를 인정하고 그 안에서 방법을 찾아가는 모습이 인상적이었다. 저 정도나 되는 인맥과 무위를 갖춘 자가 스스로 할 수 없는 바를 인정하는 게 얼마나 어려운 일인지 에르미나는 알고 있었다.

에르미나는 애초 이사벨이라는 여자가 자신을 잡겠다고 나섰을 때 코웃음을 쳤다. 그 오만은 곧 위험과 곤경으로 자신을 내몰았다. 이사벨을 무시하지 않고 당분간 에르미나 본연의 신분으로 자중했다면 지금처럼 궁지에 몰리지는 않았을 것이다.

그런데 몇 대를 이어온 사이브라의 명성에 조금도 모자라지 않는 엄청난 지위(?)에 20대 초반의 나이로 오른 빨강머리가 일말의 망설임도 없이 자신의 무력함을 인정하고 나섰다.

'얼음의 집행자가 형이라고……?'

그렇다면 케신 철강을 소유한 크라슈 가의 차남이란 말이다. 에르미나로서는 크라슈가의 차남에 대한 별다른 이야기를 들어본 적이 없다.

'크라슈 가의 막대한 재력으로 세상의 이목을 가린 채 저와 같은 인물을 키워냈다는 건가?'

불가능한 일은 아니었다. 케신 철강의 힘이라면 사제의 축복마저 돈으로 살 수 있을 것이며, 대륙을 움직이는 권력자들과 줄을 댈 수도 있을 것이다. 에르미나는 샤렌이 최근에 들어 겪은 상식을 넘어서는 일들에 대해 알지 못하기에 그가 가진 모든 것의 기반을 케신 철강의 재력에서 비롯되었다고 여겼다.

에르미나의 가슴에 갑자기 한기가 스며들었다. 크라슈 가의 장남인 얼음의 집행자가 머지않아 막강한 권력을 행사하는 트라시아의 관료가 되리라는 것은 불변의 사실이다.

거기에 탄탄한 인맥과 놀랄 만한 무력을 지닌 차남까지 보태진다면?

차세대에 대륙을 주도할 곳이 어딘지는 생각해 볼 필요도 없었다.

권력과 인맥, 무력과 재력까지 두루 갖춘 크라슈 가는 일국의 왕조차 넘볼 수 없는 거대한 산이 될 터였다.

'결국 그에 대한 견제를 피하기 위해 차남에 대해서는 철저히 이목을 가려왔다는 거군.'

이제야 앞뒤가 맞아가며 저 빨강머리에 대해 이해가 되기 시작했다. 그는 차세대를 위한 케신 철강의 비밀 병기였던 것이다. 물론 에르미나 혼자만의 생각이었다.

에르미나 결론을 내릴 때였다.

선두에서 걸어가던 빨강머리 앞에 커다란 모자를 쓴 한 남자가 나타났다. 가무잡잡한 피부의 남부인이었는데, 호남형의 미남자였다.

"키하루!"

빨강머리는 눈길을 끌 만큼 준수한 남부인을 이미 아는 모양이었다. 그가 이름을 입에 담자 남부인은 양 손바닥을 합치더니 손끝을 이마에 가져다 댔다. 허리까지 살짝 숙이는 모양새가 더없이 공손해 보였다.

'저건 또 누구지?'

지금껏 크라슈 가의 차남이라는 빨강머리가 만나는 사람마다 비범하지 않은 이가 없었다. 에르미나는 자연스럽게 이번에 만난 사내가 어떤 대단한 신분을 가졌는지 호기심을 품었다.

"잠시 올릴 말씀이 있습니다."

키하루라 불린 사내는 감히 빨강머리의 눈조차 마주치지 못하는 듯한 모습이었다.

'어떤 명가의 하인인 건가?'

빨강머리가 메르타 가, 쿠마 가와 친분이 있는 만큼 양 가문 중 어딘가에서 보내온 전갈을 들고 왔을 수도 있었다. 하인이 아니고서야 저토록 공손한 태도를 취할 이유가 없는 것이다.

"안 그래도 연락을 하려 했어."

빨강머리는 자연스럽게 하대를 했고, 키하루라는 남부인은 그 말에 또 머리를 조아렸다. 마치 자신에게 말을 걸어준 것 자체가 영광이라는 식이었다.

'어떤 가문인지 몰라도 하인을 너무 잡들이는 거 아냐?'

남부인이라지만 호방해 보이는 생김새에 잘생기기까지 한 하인이어서 에르미나는 지나치게 하인을 억압하는 듯한 곳에 대한 불만을 품었다.

"자리를 준비했습니다."

키하루는 손을 내밀어 한쪽을 가리켰다.

샤렌은 고개를 끄덕인 다음, 키하루가 가리키는 방향으로 걸음을 옮겼다.

이시스와 드리튼은 대략 키하루의 정체가 짐작이 갔다. 그의 극진한 태도가 샤렌이 말했던 내용과 다르지 않았기 때문이다.

3

'샤토의 향기'는 성지 엔살룸에서 가장 유명한 술집이다. 아니, 그 명성은 대륙 남부에 알려지지 않은 곳이 없다고 해도 과언이 아니었다.

앉기만 하면 보통 사람의 한 달 벌이가 주대로 나가며, 제대로 한잔 걸칠라 치면 반년치 수입을 쏟아부어야 한다는 곳.

가장 성스러워야 할 장소에 대륙을 통틀어서도 가장 화려한 술집 중 하나가 자리한 것은 아이러니지만, 신분과 재력을 떠나 무조건 성지를 순례하는 남부인의 특성이 반영된 현상이었다. 부와 권력을 가진 자들은 성지에서조차 서민들과 함께 시간을 보내고 싶지 않아하기 때문이다.

가진 게 많은 자들을 만족시키기란 쉬운 일이 아니다. 그런 면에서 샤토의 향기는 유명세를 누릴 만한 자격이 있었다. 남부의 유력가들 대부분이 이곳에서 술을 마시는 동안 불만을 갖지 않기 때문이다.

오죽하면 대륙 남부에서 가진 자들은 두 가지 이유로 성지를 찾는다는 말이 있을 정도일까?

하나는 순례를 위함이요, 다른 하나는 샤토의 향기에 가기 위해서란 뜻이었다.

에르미나 역시 샤토의 향기에 대해 잘 알고 있다. 샤토의 향기를 장식하고 있는 그림, 조각, 도자기 중에는 사이브라로서 탐이 날 정도의 물건들이 많기 때문이다.

성지에 자리한 지상낙원이라 불리는 샤토의 향기에는 술과 음악, 그리고 웃음소리가 끊이지 않는 것으로 유명했다.

하지만 지금은 달랐다. 마치 개점휴업 상태인 양 샤토의 향기 내부는 조용했다. 은은한 음악이 흐르고는 있지만 손님을 찾아볼 수가 없었던 것이다.

"일부러 비워둔 건가?"

대충의 사정을 짐작한 샤렌이 키하루에게 물었다. 암가는 밤을 지배한다. 샤토의 향기가 향락을 목적으로 하는 만큼 그들의 소유일 가능성이 높았던 것이다.

"…모실 만한 마땅한 장소가 없어서 이런 곳을 준비했습니다. 다른 장소로 옮기시겠습니까?"

샤토의 향기 복도에서 키하루가 조심스레 물어왔다. 어쨌거나 이곳은 술집이었기에 아젠투어의 심기가 상하지 않았을까 염려하는 것이다.

"그럴 필요가 있겠어, 샤렌?"

재빨리 나선 것은 이시스였다. 사실 엔살룸에까지 와서 샤토의 향기에 들러보지 못했다는 게 못내 안타까웠던 이시스이다. 초반에는 샤렌이 죽었다는 소식을 들었기에 이런 곳에 올 입장이 못 되었고, 나중에는 샤렌이 들고 온 엄청난 소식에 또 이곳을 떠올릴 상황이 아니었다. 기본적으로 성전이 코앞인지라 남부혈맹의 세력권 내인 샤토의 향기에 오기가 쉽지 않았기 때문이기도 했다.

그런데 샤토의 향기를 통째로 전세 내어 접대를 받을 기회가 왔다. 이시스가 이런 기회를 놓칠 리가 없는 것이다.

"그냥 이곳에서 이야기하도록 하지."

샤렌은 훤히 보이는 이시스의 속내를 읽고는 말했다.

키하루는 다시 한 번 허리를 숙인 다음, 손바닥으로 한 방향을 가리켰다. 호화롭게 장식된 계단이 있는 방향이었다.

"2층으로 모시겠습니다."

4

샤토의 향기 가장 안쪽에 위치한 특실.

널찍한 방 안은 생각만큼 화려하지 않았다. 금색이 가득 섞인 복도의 장식에 비하자면 오히려 초라하다는 느낌이 들 정도였다.

하지만 배제된 화려함 속에 품격이 느껴진다. 정갈함 속에서 느껴지는 실내의 모든 것은 각 지방의 특산임을 자랑하며 스스로의 가치를 뽐내는 듯했다. 은은한 빛을 내는 샹들리에, 먼지 한 톨 찾을 수 없이 반짝이는 대리석 테이블, 곱고 부드러운 결을 올올이 세운 스웨이드 소파, 섬세한 세공이 돋보이는 옷걸이, 벽에 걸린 걸 한 점만 떼어다 팔아도 팔자를 고칠 법한 그림들, 반짝이는 은제 식기들에 이르기까지 특실 내부의 모든 것이 특별한 안목이 없는 이라 할지라도 초고가임을 쉬이 짐작케 했다.

전체적으로 특실은 술집이라기보다는 취향이 고상한 어느 귀족의 응접실을 축소해 놓은 듯한 느낌이 강했다.

그와 같은 내부는 크샤트린의 고급 술집에서 살다시피 해 제법 까다로운 취향을 갖게 된 이시스의 고개를 끄덕이게 할 정도였다.

'대체 이번에는 또 누구기에 샤토의 향기를 통째로 빌려서 저 빨강머리를 만나는 거야?'

에르미나는 모든 게 케신 철강의 막대한 금력에서 비롯되었다는 것을 알게 되어 더 이상은 크게 놀랄 일이 없을 거라 생각했다.

하지만 이번에는 정도가 심했다. 보통 사람이라면 일 년을 죽자고 일해도 이 특실 사용료를 감당하지 못할 것이다. 물론 돈만 있다고 손님을 받아들이는 장소도 아니지만 말이다. 그러니 대체 얼마나 엄청난 거물이 또 이 빨강머리를 만날지 새삼 의아해질 수밖에 없었다.

아무렇지도 않게 툭툭 거물들을 만나고 다니던 인간이 이렇게 거창하게 판을 깔아놓고 누군가를 만나려 드니 절로 기대를 하게 되는 것이다.

에르미나가 그렇게 더 이상 놀랄 일이 없다고 다짐하는 와중에도 새삼스런 기대에 사로잡혀 있을 때, 웨이터들이 술과 음식을 들여왔다.

샤로타인 30년산이 줄줄이 오픈되자 특실 내부는 향긋한 주향으로 가득 차올랐다.

그때까지 아무런 말도 없던 키하루에게 샤렌이 입을 열었다.

"모두 다 친구니까 편하게 이야기하도록 해."

키하루가 계속 침묵을 유지한 이유가 다른 사람의 이목을 의식해서라 판단했던 것이다.

"알겠습니다."

공손히 대답을 한 키하루는 품 안에서 두루마리 하나를 꺼내 샤렌에게 두 손으로 건넸다.

샤렌은 말없이 키하루가 건넨 두루마리를 받아 들어 내용을 살폈다. 두루마리에는 12암가에 대한 정보들이 수록되어 있었다. 조직도는 물론, 주요 인물들의 신상과 여러 사업 기반까지 총망라해 기재한 것이다.

"아무래도 존야(尊爺)께서 저희에 대해 파악하실 필요가 있다고 생각해 준비했습니다."

아직은 아젠투어라는 호칭을 사용할 때가 아니기에 키하루는 '존야'라는 말로 대신했다.

샤렌은 두루마리를 다시 말며 고개를 끄덕였다.

그 장면을 보고 있는 에르미나는 두루마리의 내용을 보고 싶었지만 그녀가 앉아 있는 각도에서는 한 글자도 보이지 않았다.

더불어 '존야'이라는 칭호가 무엇을 의미하는지 궁금한 에르미나였다. 그야말로 극존칭이었던 것이다.

"그리고……."

키하루는 샤렌의 말을 들었음에도 신경이 쓰이는지 이시스, 드리튼, 에르미나를 짧게 훑어본 다음에야 말을 이었다.

"존야의 명을 받들기 위해 새롭게 조직을 개편했습니다. 특별한 불편이 없으시면 당분간은 미천한 제가 존야를 직접 모셨으면 합니다."

"직접?"

"저를 포함해 각 가문에서 열 명씩 차출하였습니다. 존야께서 불편하실 것을 염려해 젊은 영자들로 구성했습니다. 물론 묵혼(墨混)을 사용할 수 있는 영자들입니다."

'각 가문? 영자?

키하루의 설명에 에르미나는 순간 어리둥절해졌다.

"총 120명의 인원은 가문의 명령 체계에서 완벽히 독립되어 오직 존야만을 보필할 수 있는 영광을 갖게 된 것입니다. 친위대라기에는 너무나 미력한지라 그저 각 가문의 연락책 정도로만 여겨주시면 감사하겠습니다."

'120명? 설마 암가의 영자 중 120명을 차출했다는 거야?'

에르미나는 혹시나… 하면서도 부정했던 생각을 다시금 꺼내 들 수밖에 없었다. 열 명씩 120명이면 직관적으로 떠올릴 수 있는 건 12암가밖에 없다.

더구나 영자들이라고 하지 않았는가?

하지만 제아무리 케신 철강을 등에 업고 있다 해도, 또 홀렉시움을 장난처럼 구현한다 해도 개인이 12암가의 영자들을 수하로 거느린다는 것은 불가능한 일이다. 각 암가 간의 알력을 차치하고서라도 말이다.

"가문에서 완전 독립이라? 그게 가능한 건가, 키하루?"

느긋한 포즈로 질문을 마친 샤렌은 얼음 아래에서 찰랑이는 샤로타인 30년산을 입에 머금었다. 옆에 앉은 키하루가 아닌 정면으로 시선을 향한 채였다.

"존야를 위한 일에 불가능은 없습니다."

키하루는 단호함을 넘은 결연한 표정으로 대답했다.

"그 말은 개인적인 각오인 건가?"

"당연히 저와 혼천의 영자들은 모든 것을 존야께 바칠 것입니다. 다른 가문 역시 존야를 위한 준비가 되어 있을 거라 생각합니다."

'혼천! 혼천암향가! 진짜 12암가라고?

에르미나가 두 눈을 휘둥그레 뜰 때, 샤렌이 말아두었던 두루마리를 들어 흔들었다.

"그럼 이걸 다시 한 번 만들어보는 건 어떻겠나?"

"미비한 내용이었다면 죄송합니다."

"아니, 실제를 모르는 내가 미비한 점이 있는지 아닌지는 모르지."

"하면……?"

"가문을 떠나 내게 모든 것을 바치겠다는 사람들이 만든 조직도는 어떤지 보고 싶을 뿐이야."

"……!"

"할 수 있겠나?"

"3일이면 충분합니다."

"일주일을 주지. 급하게 정리하다 놓치는 게 있어서는 곤란하니까 말이야."

"존명(尊命)!"

키하루는 두말없이 샤렌의 말을 명령으로 받들었다. 마치 중대한 사명이라도 받은 양 최선을 다하겠다는 결의가 얼굴에 고스란히 드러났다.

"그리고……."

"하명하십시오."

"한 가지 부탁할게."

"부탁이라니요? 저희는 오직 존야의 명만을 받듭니다."

키하루의 극진한 태도에 샤렌은 싱긋 미소를 지었다.

"첫 번째 부탁은 검화의 가주와 만남을 주선해 줬으면 해."

"존명!"

키하루는 곧바로 몸을 일으키려 했다.

"아, 아! 지금 말고, 내일모레쯤 만나볼까 해. 시간이 될까?"

"존께서 찾으시면 당장이라도 달려와야 합니다."

키하루가 단호하게 말했다.

'이 인간들이 지금 무슨 소리를 하는 거야? 검화라면 검화암향가? 저 빨강머리가 부른다고 검화암향가의 가주가 달려와야 한단 말이야?'

에르미나는 경악하지 않을 수 없었다. 사이브라로서 에르미나는 남부 대륙의 각 가문에 대해 적지 않은 정보를 가지고 있다. 그중에는 암향사가에 대한 것도 포함되어 있다.

명천 64가 중 대다수보다 강한 세력을 가졌다는 암향사가였다. 그런 암향사가의 수장을 말 한마디로 오라 가라 할 자가 세상에 존재한다고는 생각할 수도 없었다. 저 트라시아의 황제라 할지라도 불가능한 일인 것이다.

"그냥 내일모레 만나도록 하지."

"존야의 명을 전하겠습니다."

샤렌은 고개를 한 번 끄덕인 다음 말했다.

"참! 호칭 문제인데 말이야. 그냥 이름을 부르면 안 될까? 물론 샤렌이라는 이름으로 말이야."

행여 아젠투어라 부르고 나설까 싶어 샤렌은 재빨리 말을 이어 붙였다.

"제가 어찌 감히!"

키하루는 황공하기 짝이 없다는 반응이었다.

"사실상 존야라는 호칭 역시 지나친 격하가 아닐까 싶어 염려가 큽니다."

"격하는 무슨……. 존이니 뭐니 하는 건 너무 거창해서 불편하다고. 난 그냥 이름을 불렀으면 해."

"감당키 힘듭니다. 저뿐만 아니라 가문의 어르신들이 계시는 터라……."

키하루는 난색을 표했다. 마치 샤렌의 이름을 부르면 큰일이라도 난다는 표정이었다.

"흠, 호칭 하나로 인해 서열이 꼬이는 건가?"

키하루가 샤렌의 이름을 직접 부르면, 가문의 연장자들에 비해 위치가 격상된 것으로 받아들이는 모양이었다.

"부족한 소견으로는 여러 면을 염두에 두었을 때, 현재의 호칭을 유지했으면 합니다."

키하루의 간곡한 청이었다.

샤렌은 씁쓸히 웃고 말았다. 고지식하기 짝이 없는 키하루다. 이름을 부르는 게 명령이라고 따르라 하면 그렇게 할 것이다. 하지만 이 우직한 친구를 곤란하게 만들고 싶지는 않았다.

샤렌은 그에게 물었다.

"나머지 친구들은?"

"네?"

"총 120명이 내게 배정되었다면서?"

"아! 모두 이곳에 있습니다."

"가족마저 버리고 내게 충성하겠다는 친구들인데, 얼굴 정도는 익혀둬야 하지 않을까?"

샤렌의 말에 키하루는 감동했다는 표정을 지었다.

"존야를 알현할 수 있으면 큰 영광으로 생각할 것입니다."

자신들이 인정을 받았다고 생각했기 때문일까?

키하루는 눈에는 감격이 가득했다.

그런 키하루를 샤렌은 미소로, 에르미나는 어리둥절한 표정으로 바라봤다.

'대체 뭐야? 왜 저 빨강머리를 마치 신의 사절이라도 되는 양 모시는 거냐고?'

에르미나가 어찌 알 수 있겠는가?

이들에게 있어서 샤렌은 신의 사절이 아니라 신 자체인 것을…….

Chapter 6

1

키하루를 포함해 120명이 한데 모여 있는데, 숨소리조차 들리지 않았다. 하나같이 검은색 복장으로 통일한 12암가의 영자들은 엄숙하고 결연한 표정으로 정면을 직시하는 중이었다. 샤렌의 얼굴을 보고 싶어하는 마음을 억누른 채.

"12개 조로 나뉘었으며, 각 가문의 직계가 조장 직을 수행하게 될 것입니다. 물론 존야께서 원하시는 방식이 있으시다면 재편을 하겠습니다."

"아직은 따로 생각해 둔 게 없으니 당분간은 그대로 가도록 하지."

샤렌은 그렇게 말하고는 한 치의 흐트러짐없이 12열 종대로 도열해 있는 젊은 영자들에게 다가갔다.

그리고 맨 우측에 서 있는 한 영자에게 손을 내밀었다.

"반가워. 난 샤를로엔 크라슈야."

난데없는 샤렌의 행동에 젊은 영자는 황망히 양손을 합장해 손끝을 자신의 이마에 가져다 댔다. 자신은 감히 아젠투어의 손을 마주 잡을 수 없다는 뜻이다.

"금번에 존야를 모실 영광을 갖게 된 마코키 고센입니다."

고개를 숙인 마코키를 보며 샤렌은 고개를 가로저었다.

"내 손을 쑥스럽게 하긴가?"

"저, 절대 그런 뜻이 아닙니다."

시선을 위로 살짝 들어 올린 마코키는 황송하기 짝이 없다는 표정을 지었다.

샤렌은 그런 마코키를 향해 손을 한 번 더 내밀었다.

악수를 받아들이라는 무엇의 압박.

마코키는 잠시 주변의 눈치를 보는 듯하다가 조심스레 두 손을 내밀었다.

샤렌의 손을 마주 잡는 마코키의 얼굴을 감동, 그 자체였다.

"앞으로 잘 부탁해, 마코키!"

"존명!"

마코키의 음성에는 그의 격정이 고스란히 담겨 있었다. 수천 년을 기다려 온 아젠투어가 자신의 손을 잡았다는 사실을 믿기가 힘든 모양이었다.

샤렌은 마코키의 어깨를 가볍게 두들겨 준 다음, 마코키의 뒤쪽으로 갔다.

그리고 말했다.

"반가워. 내 이름은 샤렌 크라슈야."

2

샤렌은 키하루를 제외한 119명 모두와 일일이 악수를 나누고 자신을 소개했으며, 상대의 이름을 들었다. 모두에게 잘 부탁한다는 말을 하고, 어깨를 두드려 줬다.

119명 모두는 감격에 젖었다. 애써 격정을 억누르는 영자도 있었고, 두 눈을 붉게 물들이며 눈물을 글썽이는 영자도 있었다.

그것만으로도 샤렌은 이들에게 있어서 아젠투어가 어떤 의미인지 조금이나마 짐작할 수 있었다.

'이들이 오해를 한 게 내 잘못은 아니지만… 그래도 미안한걸.'

공손한 자세로 서 있는 키하루의 옆으로 돌아오며 샤렌은 생각했다.

하지만 사소한 감정에 흔들릴 때가 아님을 샤렌은 잘 알고 있었다. 이들이 얼마나 큰 힘이 되어줄지만을 생각해야만 했다.

'이거… 세상을 구하기 위해 내 목숨을 걸어버린 건가?

모리엔트에서 벌어지고 있는 엄청난 음모에 스스로 할 수 있는 일은 거의 없다고 생각했다. 그런데 지금은 상당히 적극적으로 대안을 수립하는 중이다. 아직 자신이 살아가는 동안 무엇을 이루고자 하는지조차 불분명한 상태건만……. 격랑에 휘말린 작은 조각배처럼 상황에 떠밀려 세상을, 그리고 인류를 구하기 위해 나서게 된 것이다.

"아직 전부의 이름까지는 외울 수 없지만, 얼굴만큼은 모두 기억할게."

샤렌은 제자리로 돌아와 말했다. 여자의 얼굴은 절대로 잊지 않지만, 남자의 얼굴을 기억하는 데는 형편없는 그였다.

하지만 지금은 상황이 달랐다. 오해에서 비롯되었다지만 이들은 진정으로 자신에게 목숨을 내맡겼다. 그들의 면면을 기억하지 않을 수 없는 것이다.

샤렌이 그렇게 말하자 키하루를 포함한 120명 전원이 양손을 합장해 손끝을 이마에 가져다 대며 허리를 숙였다.

신께 기억될 자신에 대해 기뻐하는 120명이었다.

"아, 참!"

샤렌이 문득 생각났다는 듯 말했다.

키하루가 고개를 들어 올리자 샤렌이 말을 이어갔다.

"아까 전에 전원이 묵혼을 사용한다고 했지?"

"네, 존야!"

"그 묵혼이란 게 뭐지?"

"아!"

그제야 키하루는 샤렌이 남부의 영자들에 대한 기본적인 지식을 갖고 있지 않음을 상기할 수 있었다.

"묵혼이란 암행의 근간이 되는 잉크라의 활용법입니다. 저희 12암가에서는 묵혼을 사용할 수 있어야 일정 수준에 오른 영자로 인정하고 있습니다."

잉크라의 활용법이라는 말에 샤렌이 붉은 눈을 빛냈다. 아직 스스로 한참이나 더 강해져야 한다는 사실을 잊지 않았기 때문이다.

"볼 수 있을까?"

"존명!"

샤렌의 말에는 일체의 이견이 있을 수 없다는 키하루였다.

그는 도열해 선 119명의 영자들에게 말했다.

"존야께서 우리의 묵혼을 보고자 하신다."

키하루의 말에 모두의 얼굴에 각오가 서린다. 아젠투어의 앞에서 스스로의 실력을 시험받는다고 생각하는 것이다.

"소등!"

키하루의 말에 홀의 등이 전부 꺼졌다. 어둠이 도래했지만 샤렌의 시야는 아무런 지장이 없었다.

그때 키하루가 외쳤다.

"전원 최선을 다해 묵혼을 전개하도록!"

이어 키하루를 비롯한 120영자들의 몸에서 변화가 일기 시작했다.

피부에서 검은 안개와 같은 기운이 스멀스멀 일어나는가 싶더니 곧 전신을 뒤덮었다. 어떤 영자의 것은 연기의 양도 두텁고 짙었으며, 어떤 영자의 것은 얇고 흐렸다.

하지만 전체적으로 옷 위에 얇은 막을 씌운 듯한 정도를 벗어나지는 못했다. 샤렌의 시각에서 보자면 얇은 안개 안의 모든 게 훤히 보일 정도였다.

샤렌이 키하루 쪽으로 고개를 돌리며 물었다.

"이건가, 묵혼이란 게? 검은 연기로 몸을 둘러싸는 거?"

"……!"

샤렌의 질문에 키하루의 눈이 흔들렸다. 샤렌의 시선이 정확히 자신의 눈에 맞춰져 있었기 때문이다.

키하루는 저도 모르게 시선을 영자들 쪽으로 돌렸다.

이에 샤렌도 그의 시선을 좇았다.

'이럴 수가! 내 눈을 보고 계셔!'

경악 중에도 키하루는 자신이 아젠투어의 질문에 답하지 않았음을 깨달았다.

"말씀하신 대로 묵혼이란 어둠에 스며드는 영자들의 기술입니다. 최소한의 잉크라를 이용해 암행이 가능토록 하는 거지요."

키하루가 대답을 하자, 샤렌의 시선이 다시 돌아왔다.

"희미한 검은 연기로 몸을 둘러싼다고 어둠 속에서 보이지 않는다고?"

이어진 샤렌의 질문에 키하루의 얼굴이 붉어졌다.

"신안을 지니신 존야와 인간들의 안력은 다를 수밖에 없습니다. 묵혼을 전개한 이상, 어둠 속에서는 제아무리 바라카나 잉크라를 운용한다 해도 저희를 볼 수는 없습니다."

"아!"

샤렌은 그제야 자신이 남들과 다른 특별한 눈을 가졌다는 사실을 기억해 냈다. 모리엔트의 결계를 보고, 은익의 성휘족의 날개와 영휘무구를 볼 수 있는 눈이기에 이들의 묵혼 역시 하나의 연기처럼 보였던 것이다.

"암가가 밤을 지배하는 이유가 바로 이 묵혼에 있다 해도 과언이 아닙니다. 비등한 실력을 가진 자끼리 맞붙었을 때, 시각을 제외한 감각에만 의존하는 것과 시각을 포함하는 것에는 차이가 있을 수밖에 없습니다."

"흠, 그렇겠군."

알포네에서 이오나는 시야가 배제된 상태에서도 아무런 지장 없이 싸웠다.

하지만 이오나 정도의 무투가는 세상에서 손꼽힐 터.

다른 이들에게 어둠에 몸을 숨긴 적이 얼마나 큰 위협이 될지는 어렵지 않게 짐작할 수 있었다.

신음처럼 말을 흘린 샤렌이 키하루에게 말했다.

"이 묵혼이라는 거 말이야. 사용하는 방법을 알 수 있을까?"

"당연한 말씀이십니다."

키하루는 묵혼을 해제하며 허리를 숙였다.

"지금 당장 정리해서 올리겠습니다."

"그럼 부탁해."

3

"진짜 120명이나 모였어?"

샤렌이 특실로 돌아오자, 이시스가 기다렸다는 듯 물었다. 얼굴에 은은한 홍조가 오른 것으로 미루어 샤로타인의 향기를 이기지 못하고 연신 마셔댄 게 분명했다.

"응."

"쳇! 왜 우리는 못 나오게 하는 거야?"

이시스는 샤렌을 따라 나가 구경하지 못한 게 아쉬운 모양이었다.

"암가의 영자들은 거의 대부분의 경우에 자신의 얼굴을 드러내지 않는대."

"네가 시켜도?"

이시스가 질문하자 드리튼이 나섰다.

“지금 샤렌이 저 사람들에게 마음 놓고 뭔가를 시킬 입장이냐?”

“이게 뭐 샤렌이 해달라고 조른 거냐, 지들이 알아서 기는 거지?”

드리튼의 핀잔에 이시스는 지지 않고 덤벼들었다.

드리튼은 그저 혀를 찰 뿐, 이시스에게 맞서지 않았다. 괜한 고집을 세울 때는 내버려 두는 게 최선임을 잘 알기 때문이었다.

탁.

얼음이 가득 담긴 유리컵을 대리석 테이블에 내려놓는 소리가 샤렌, 이시스, 드리튼의 신경을 끌었다.

세 명의 시선이 집중된 곳에는 에르미나가 있었다. 그녀의 얼굴 역시 이시스에 못지않게 붉었다. 홍시처럼 달아오른 얼굴에 약간 확장된 동공이 지금까지와는 전혀 다른 분위기를 풍겼다. 본래 다양한 매력을 가진 그녀였으나, 취기가 오른 지금은 뇌쇄적인 쪽에 치우치고 있는 것이다.

이시스는 순간적으로 입을 벌렸다. 샤렌과 자신들이 겪고 있는 엄청난 일들에만 집중해서 에르미나에 대해 너무 무심했다. 저렇게나 아름다운 미녀가 계속해 함께하고 있었는데 없는 사람 취급 하다시피 했던 것이다.

드리튼도 에르미나를 새삼스레 바라봤다. 특실의 은은한 조명 아래서 보는 에르미나였다. 화장발과 조명발을 한껏 받는 천상십화 중 일인의 모습이란 남자들의 넋을 잃게 하는 데 부족함이 없었다.

문제는 지금껏 그렇게나 아름다운 에르미나의 존재감이 전무했다는 것.

붉게 달아오른 에르미나의 눈썹 끝이 상큼 치켜 올라간 것에는 이유가 있었다.

에르미나가 샤렌을 정면으로 바라보며 붉은 입술을 나비의 날갯짓처럼 벌렸다.

"당신……."

에르미나는 원래 '당신들, 대체 날 뭐라고 생각하는 거야?' 라고 묻고 싶었다.

하지만 샤렌의 붉은 눈을 바라보는 순간 생각을 바꿨다. 계속되는 무시에 상한 자존심보다 우선하는 감정이 있었기 때문이다.

"대체 정체가 뭐예요?"

야제 사이브라와 폴프겐 후작가의 직계라는 두 가지 신분을 가진 그녀이다.

케신 철강에서 비밀리에 키운 샤론이라는 엄청난 인물에 대해 가급적 동요하지 않기 위해 노력에 노력을 거듭했다.

하지만 해도 해도 너무했고, 수긍하기에는 정도가 너무 심했다.

처음에는 메르타, 쿠마 가의 직계들과 평대를 하는 빨강머리였다. 그러더니 이오나 네이에게 반말을 하더니 테오타신 슈바른 대공하고 인류의 위기에 관한 중대사를 논한다.

거기까지는 케신 철강의 막강한 금력을 고려하면 이해할 수 있었다.

그러나 지금은 도저히 그럴 수가 없다.

남부 대륙의 밤을 지배하는 12암가에게서 '존야' 라는 칭호를 듣는가 싶더니, 각 가문에서 열 명씩 차출해 친위대를 결성했단다. 아니, 12암가의 가주를 부르면 당장 달려와야 할 입장이란다. 그것도 암향사가에 속하는 검화암향가의 가주를…….

말 그대로만을 두고 보자면 저 빨강머리가 12암가를 부린다는 뜻.

도대체 어떻게 12암가 위에 지배할 수 있는 자가 존재할 수 있단 말인가!

케신 철강이 아니라 그 할아비가 밀어준다 해도 불가능한 일을 자신보다 어려 보이는 빨강머리가 보여주고 있는 것이다.

그러니 정체가 뭐냐는 질문을 하지 않을 수 없었다.

"정체……?"

샤렌이 고개를 갸웃거렸다. 질문의 저의를 알 수 없다는 표정이었다.

"오늘 하루, 당신이 만난 사람들 전부 말이에요. 한 사람이 맺을 수 있는 친분을 넘어섰다고 생각하지 않아요? 게다가 조금 전에 나눈 대화는…….”

에르미나는 당최 말이 안 되는 일임을 표정으로 강조하며 마무리했다.

피식.

입매를 일그러뜨리는 샤렌의 미소.

‘또! 저 자식을 확!’

지금껏 겪은 일로 빨강머리가 얼마만한 거물인지 짐작도 못할 정도가 아니라면, 방금 전 미소를 짓는 얼굴에 주먹을 한 대 후려쳤을 에르미나였다.

하지만 저 말도 안 되는 인간을 건드렸다가는 물론 홀렉시움을 구현하는 그라면 털끝 하나 건드릴 수 없겠지만 폴프겐가는 물론 베오타가 날아가 버릴지도 모른다는 생각에 취중에도 성질을 억눌렀다.

“명성이 자자한 폴프겐 후작가의 영예가 새벽이슬을 맞으며 도둑질을 하는데, 이 정도를 가지고…….”

뭘 그런 표정을 짓고 있냐는 말을 생략하는 샤렌.

울컥.

에르미나는 또 한 번 주먹을 휘두르고픈 열망을 참아내야 했다.

지금까지 완벽에 가까운 이중생활을 해오며 에르미나는 나름의 자부심으로 충만해 있었다. 마음만 먹으면 트라시아의 황궁조차 제집처럼 드나들 수 있다고 생각했다. 세상 그 누구도 자신을 잡을 수 없으리라고 확신했다.

하지만 이사벨 미타와 그녀가 이끄는 트라시아의 특무대로 인해 생각이 바뀌었다. 특정 이상의 능력이 가진 자와 세력이라면 사이브라를 궁지에 몰아넣기란 어려운 일이 아닌 것이다.

한 명의 여성 과학자가 그럴진대 이 빨강머리라면 두말할 나위도 없다. 애초 대를 이은 사이브라가 도둑질에 사용하는 암행의 기술은 남부에서 전해져 왔다. 필시 암가의 영자들이 사용하는 암행술에 그 뿌리를 두었을 터다.

한 곳도 아니고 12암가 전체의 영자들이 자신을 잡으려 든다면……?

이사벨 따위와는 비교조차 안 될 게 분명했다.

어쩌면 사이브라로서의 에르미나에게 지상 최대의 난적이 바로 눈앞의 빨강머리일지도 모른 일이었다.

"제 말은 어떻게 당신 같은 사람이 세상에 알려지지 않을 수 있냐는 거예요."

"당신도 그렇잖아?"

에르미나는 테이블 아래에 둔 손을 와락 말아 쥐었다.

하지만 그녀는 표정 관리를 포기하지 않았다. 굳은 얼굴이지만 자신과 빨강머리의 차이를 되뇌며 입술 양쪽 끝을 당겨 올리고 있는 것이다.

"저야 개인에 불과하잖아요. 하지만 당신의 경우는……."

샤렌은 빙긋 웃었다. 더 이상 그녀를 놀리지 않기 위해 평소처럼 밝은 미소를 지은 것이다.

"지금 벌어지는 모든 일이 최근에 몰아 생겨서 그래. 이오나를 알게 된 건 두 달여 전이지만, 내가 남부 대륙에서 머무른 건 아직 한 달도 채 안 되거든."

"……!"

"이해가 안 되지?"

"……."

"안 되는 게 당연해. 나도 이해가 안 가니까. 하지만 말도 안 되는 일들은 전설이나 이야기 속에 있는 게 아니야. 정말로 이해할 수 없는 일은 항상 현실 속에서 벌어진다고."

말을 마친 샤렌은 샤로타인 30년산이 담긴 컵을 들어 마셨다.

'그 정도로 이해할 수 있는 일이 아니라고!'

에르미나는 그렇게 버럭 소리를 지르고 싶었다.

하지만 이미 등을 소파에 기댄 채 편안한 자세를 취해 버린 빨강머리였다. 더 이상 이 문제에 관해 말하고 싶지 않다는 뜻이 분명했다.

그때 빨강머리가 느긋한 어조로 물었다.

"그리고 지금 집중해야 할 문제는 나에 대한 이해가 아니지 않나?"

"……?"

"동천의 업! 그러니까, 모리엔트의 이종족이 인간 세계를 침공하면 베오타도 예외일 수가 없잖아? 베오타의 모든 사람이 죽거나 노예로 전락하게 될 텐데, 나라는 개인에 대한 의문에 집착할 때가 아닐 거란 이야기야."

"……!"

에르미나는 숨이 멎는 듯했다. 그러고 보니 빨강머리의 말이 옳다. 모리엔트의 이종족이 인류를 공격한다는 말은 허황되기 짝이 없어 보이지만, 저 이오나 네이와 테오타신 슈바른이 함께 걱정할 정도의 문제다. 마땅한 증거가 없을 뿐, 실제로 일어날 가능성이 높은 일이라는 뜻이다.

그와 같은 엄청난 상황을 알게 되었음에도 자신은 그저 저 얄미운 녀석의 정체에 대해서만 집착했다. 애초 그를 처음 만났을 때부터 묘한 분위기에 휩싸인데다가 그녀에게 있어서는 모리엔트에서부터 시작될 문제만큼이나 충격적인 일들을 계속해 목도한 탓이었다.

충격과 허황된 정도가 비슷하다 해도 위험도에 있어서는 차원이 다르다. 당장 이 빨강머리가 무슨 엄청난 짓을 벌인다 해도 3년여 후에 벌어질 모리엔트 이종족의 공격보다는 덜 위험할 테니까.

일단 이 상황을 베오타에, 아니, 최소한 폴프겐 가에는 알려야만 했다. 빨강머리를 돕겠다는 뜻이 아니라, 3년 뒤에 닥

쳐올 재앙에 대한 자구책을 마련해야 하기 때문이다.

얼큰하게 달아올랐던 취기가 싹 달아나는 느낌이었다.

이렇게 어리석을 수가!

세상 사람들을 눈 아래로 내려다보며 살아왔던 지금까지를 돌아봤을 때, 이처럼 어처구니없는 상황을 맞이한 적이 없다. 도둑질은 기민한 판단력이 필수다. 어떤 상황에도 당황하지 않고 침착하게 모든 것을 결정해야만 한다.

아니, 꼭 그렇게만 생각할 문제가 아니었다. 애초 빨강머리를 만났을 때, 자신은 심적으로 동요하지 않을 수 없었다. 태어나 처음으로 궁지에 몰린 상황이기 때문이다.

뒤이어진 일에 대한 것도 그렇다. 사람이란 인지가 가능한 한계라는 게 있다. 평범한 사람들에게 1,000골드란 엄청난 금액이다. 그런 사람에게 10,000골드에 대해 이야기하면 인지영역에서는 사실 1,000골드와 구별을 하지 못한다. 둘 다 평생을 두고도 구경조차 못할 엄청난 거금일 뿐인 것이다.

빨강머리를 만난 이후, 자신이 겪은 일이 그랬다. 이사벨이라는 여자에게 쫓겼던 위기 상황이 아무것도 아닌 듯 여겨질 정도의 어마어마한 일들의 연속이었다. 모두가 믿기 힘들 정도의 엄청난 일들일 뿐, 그 안에서 일의 경중을 가리기란 쉽지 않은 것이다.

그리고 가장 중요한 한 가지가 있다.

저 빨강머리가 끊임없이 자신을 뒤흔들었다는 사실이다.

녀석의 무뚝뚝한 표정과 무심한 말투는 마치 보이지 않는 손이 되어 자신의 목구멍을 밀고 내려와 내장을 송두리째 휘젓는 듯했다. 빨강머리의 한마디 한마디에 어째서인지 이상할 정도로 격한 감정에 사로잡혔던 것이다.

'내가 어리석은 게 아니야! 저 녀석이 이상한 거라고!'

에르미나는 앞니로 아랫입술을 지그시 깨물었다.

4

"대체 뭐가 그렇게 바쁜…… 어?"

샤렌의 방을 찾아온 브리올렛은 양 옆구리에 얹었던 손을 슬그머니 내렸다. 그녀의 눈동자가 빠르게 좌우를 살핀다.

"그 여자는요?"

함께 나갔던 에르미나를 찾는 것이다.

"엔살룸에 있는 베오타 공관으로 돌아갔어요."

"헤에, 그렇군요."

하루 종일 뭐가 그렇게 바빴는지 따지려던 브리올렛은 그 사실을 까맣게 잊은 듯 웃음을 지었다.

이어 한결 누그러진 표정으로 브리올렛이 말했다.

"무투술 수련은 매일 해도 부족한 거예요. 내일부터라도 다시 열심히 수련에 매진하자고요."

말을 하는 브리올렛의 얼굴이 살짝 붉어졌다. 수련을 매일

해야 한다는 말은 틀리지 않았다. 하지만 본의의 무게가 다른 곳에 실려 있었다. 샤렌이 친구들을 찾은 이후, 자신과 지내는 시간이 부쩍 줄었던 것이다.

"네. 그래야죠."

샤렌은 부드럽게 웃어 보였다.

하얀 치아를 드러내는 눈부신 샤렌의 미소에 브리올렛도 만족한 듯했다.

"그럼 내일 아침에 봐요."

"잘 자요, 브리올렛님."

"오늘은 더 이상 술 드시면 안 돼요!"

당부를 마친 브리올렛은 샤렌 등이 있는 방을 등졌다.

드르렁.

방문이 닫혔을 때 들리는 코 고는 소리.

어느새 침대 위에 대자로 누워 뻗은 이시스였다. 귀한 술이라며 홀짝홀짝 들이켠 샤로타인 30년산에 취해 버린 것이다.

반면, 드리튼과 샤렌은 얼굴이 약간 붉어진 것 외에는 취기가 엿보이지 않았다.

"정신없는 하루였지?"

샤렌은 티 테이블에 놓인 주전자를 들어 재스민 차를 컵에 따랐다.

"오늘 하루만이 아니지."

드리튼이 피식 웃었다. 이오나를 두고 말도 안 되는 내기를 시작한 이후, 폭풍처럼 몰아치는 엄청난 일들이었다. 단순히 모험이라고 치부하기에는 정말이지, 감당하기 힘든 일의 연속인 것이다.

샤렌은 양손에 든 두 잔 중 하나를 드리튼에게 내밀었다.

드리튼은 말없이 잔을 받아 들었다.

식은 차를 한 모금 들이켠 샤렌이 입을 열었다.

"미안해."

"……."

뭐가 미안하다는 건지 드리튼이 모를 리가 없다.

하지만 그는 이야기를 듣지 못한 사람처럼 컵을 들어 차를 마신다. 느릿하고 여유있게.

컵을 든 손을 허벅지 위에 얹은 드리튼이 말했다.

"고맙다고 해야지."

"…그래. 고마워, 정말!"

샤렌이 피식 웃으며 쉽게 드리튼의 말에 수긍했다.

"이런 대화, 우리답지 않잖아?"

"그렇지. 나다운 건 더더욱 아니고."

"그래."

서로의 말에 둘은 다시금 미소를 떠올렸다.

"뭐, 쑥스럽긴 해도 이 얘기는 해주는 게 좋겠네."

드리튼이 미소 속의 침묵을 깼다.

"무슨 이야기?"

"이 세상에서 네게 손가락질을 할 제일 마지막 사람이 나와 이시스라는 거 말이야."

언제나 샤렌의 편에 서겠다는 뜻의 우회적인 표현이었다.

"후훗! 내가 꺼내 든 화제이긴 하지만 너무 낯간지러운데?"

샤렌이 멋쩍게 웃었다.

숨김없이 자신을 편하게 드러낼 수 있다는 것.

그것이야말로 친구를 가진 자만이 누릴 수 있는 축복이었다.

"네가 무엇을 선택하든 우린 네 옆에 설 테니까. 너무 부담 갖지 마."

어쩌면 지금의 샤렌이 선택하는 모든 것이 인류의 존속에 지대한 영향을 끼치게 될지도 모른다. 트라시아의 변방, 레비크의 한량이 인류 전체의 생존을 결정짓고 있는 것이다.

드리튼은 그와 같은 샤렌의 부담을 덜어주고 싶었다. 기본적으로 이 엄청난 일을 샤렌이 모두 감당하려 드는 것에 반대하는 심정이었다.

샤렌이 알게 된 모든 것은 우연에 기인했을 뿐.

그 모든 것을 샤렌에 반드시 책임져야 할 필요는 없다는 생각이었다. 이성적으로 판단했을 때에야 당연할 수도 있는 일이지만, 자신의 친구가 감당해야 할 무게감이 지나친 것에 대한 불만이 생길 수밖에 없었다.

"부담 같은 거……."

샤렌은 컵에 남아 있는 차를 단숨에 비웠다.

"…느끼지 않아."

그렇게 단정 짓고 샤렌이 드리튼을 똑바로 바라봤다.

"내가 바꾸고 싶은 건 인류의 미래가 아니니까."

"……?"

드리튼은 며칠간 엄청난 일들을 벌이며 모리엔트에서 시작될 재앙에 대비해 온 샤렌을 봐왔다.

한데 샤렌이 저와 같이 말하니 그 뜻을 쉽게 이해할 수 없었다.

드리튼은 표정으로 샤렌의 설명을 재촉했다.

"난 그저 내가 할 수 있는 게 무엇인지 알고 싶을 뿐이야."

"……!"

애초 샤렌이 알포네에 올랐던 이유를 드리튼은 다시금 떠올렸다.

피식.

드리튼이 웃었다.

너무나 달라져서, 아니, 달라지고 있어서 샤렌과 소원한 느낌을 들었음을 부인하기 힘들었다.

하지만 지금의 말을 듣고 나니 어딘지 모르게 마음이 가벼워진다. 방금 전의 말이야말로 지극히 샤렌다웠기 때문이다.

Chapter 7

1

오전부터 오후까지 브리올렛의 타박은 그치지 않았다. 며칠 수련을 게을리한 탓에 투로는 물론이거니와 형도 많이 흐트러졌다는 것이다. 샤렌은 군소리 한 번 하지 않고 묵묵히 브리올렛의 지적을 다 받아들였다.

과거 아카데미에서 검술 수업을 받을 때와는 천양지차의 태도여서 구경하던 드리튼과 이시스가 헛웃음을 칠 정도였다. 저렇게 진지하게 수업에 임했으면 낙제 따위를 걱정할 이유가 없었던 것이다.

오후까지 이어진 수련을 마친 샤렌은 메르타 가를 나섰다. 브리올렛의 입술이 댓 발이나 튀어나왔지만, 이오나를 만나러 가며 남부 명가의 후예를 데려갈 수는 없었다.

"우리가 따라가도 괜찮은 거야?"

드리튼이 물었다.

"뭐야? 우리가 가면 안 될 이유라도 있는 거야?"

이시스가 옆에서 인상을 찌푸렸다.

드리튼은 고개를 가로저었다. 대체 눈치는 어디다 팔아먹었는지 하는 표정이었다.

이시스가 발끈하려 할 때, 샤렌이 말했다.

"상관없을 거 같은데?"

샤렌의 답변에 이시스가 다시 입을 열었다.

"뭐야? 뭘 신경 쓴 건데?"

"에휴! 넌 대체 눈은 왜 달고 다니는 거냐?"

드리튼이 결국 한숨을 쏟아내며 핀잔을 줬다.

"내 눈이 뭐가 어때서?"

"관두자, 관둬. 눈치라고는……."

"엣? 너 이 곰탱이! 지금 네가 나한테 눈치를 논하는 거야?"

드리튼과 이시스의 투덕거림은 그렇게 한동안 계속되었다.

샤렌은 그 소리를 마치 노래처럼 즐기며 걸음을 옮겼다.

2

하나의 마을을 이룬 홀라덴의 주둔지 입구에 도착하자 경비를 서던 수위성단원이 샤렌의 얼굴을 알아봤다. 전날과는 달리 깍듯하기 이를 데 없는 태도로 샤렌 일행을 맞이한 그는 곧바로 이오나에게 소식을 전했다. 청염의 성위가 닥치는 대로 건물을 때려 부수면서까지 맞이했던 손님임을 명확히 기억하는 것이다.

"늦었네?"

이오나가 샤렌에게 말했다.

"흠, 공사가 다망하신 분을 배려한 건데?"

샤렌이 싱긋 웃으며 말했다.

"다음부터는 좀 일찍 오지?"

"그럴게."

무미건조한 두 사람의 대화를 듣던 이시스는 그제야 드리튼이 염려했던 게 무엇인지 어렴풋이 느낄 수 있었다.

'뭐야? 두 사람 분위기가 왜 이래?'

무뚝뚝하고 짧은 대화일 뿐이지만 내용이 심상치 않았다. 저 청염의 성위가 샤렌과 조금이라도 더 빨리 보고, 더 오래 있고자 하는 속내를 드러내고 있는 것이다. 더구나 오늘 하루에 그치는 것도 아니고 다음의 약속까지 바라는 이오나였다.

"오늘도 누굴 만나야 하는 건가?"

이오나가 물었다.

"오늘은 내기의 대가나 받으려고."

"내기?"

이오나가 고개를 갸웃거렸다.

"내가 이긴 내기 있잖아. 아직 날짜가 많이 남았다고."

"아, 술!"

"후훗! 오랜만에 한잔해야 하지 않겠어?"

샤렌의 말에 이오나가 눈에 띄는 크기로 고개를 끄덕였다. 샤렌의 제안이 꽤나 만족스러운 모양이었다.

이오나의 입매에 흐릿하나마 미소가 걸리려는 순간이었다.

그녀의 표정이 급격히 굳는가 싶더니 번개 같은 동작으로 손을 뻗어 샤렌을 밀쳐 냈다.

동시에 이오나의 신형이 꺼지듯 사라졌다.

마치 순간적으로 공간을 이동한 듯, 애초에 있던 자리에서 약 30여 미터나 뒤로 물러선 것이다.

동시에 귀청을 찢는 듯한 굉음이 샤렌, 이시스, 드리튼의 귀에 틀어박혔다.

카아아앙!

"흐억!"

"에엑!"

굉음과 함께 시야를 가득 채우는 섬광, 그리고 엄청난 바람에 밀려 드리튼과 이시스가 뒤로 넘어지고 말았다.

샤렌만이 휘몰아치는 먼지바람에 두 눈을 가늘게 뜬 채 상황을 주시하는 중이었다.

"무슨 짓이야!"

뒤이어진 목소리는 평소의 여유롭고 나른함을 찾을 수 없는 이오나의 것이었다. 그녀는 어느새 애검 세야를 뽑아 들어 대각선으로 문호를 가로막고 있었다.

녹색 경갑주를 입은 자가 검으로 그녀를 공격했던 것이다.

"헤헷! 이 정도나 갑작스러웠는데 뒤로 밀쳐 내지도 못했네. 그 와중에도 힘을 흘리다니… 역시 이오나인 건가?"

장난스러운 목소리가 이오나의 외침을 받았다. 마법처럼 나타나 이오나 앞에서 샤렌 등에게 뒷모습을 보인 목소리의 주인공이었다.

이오나는 문호를 방어했던 세야를 거칠게 앞으로 밀쳤다.

녹색 경갑주를 입은 자는 순순히 뒤로 밀려났다.

"더 이상 이런 장난은 용납지 않는다고 했지?"

이오나의 거친 음성이었다.

"헤헷! 못 보는 사이에 실력이 녹슬지나 않았는지 시험해 본 것뿐이라고. 너무 화내지 마."

한차례 이오나를 달랜 녹색 경갑주의 인물이 뒤쪽을 돌아봤다.

순간 넘어져 있던 이시스와 드리튼의 두 눈이 휘둥그레졌다. 짧은 갈색머리에 이오나보다 머리 하나는 큰 키, 떡 벌어진 어깨의 뒷모습을 봤을 때는 당연히 남자라고 생각했다.

하지만 뒤로 돌아선 녹색 경갑주의 인물은 눈이 번쩍 뜨일 정도로 아름다운 미인이었다. 커다란 눈과 우뚝 선 콧날, 도톰하고 긴 입술 선이 지나치게 굵긴 했지만, 그로 인해 오히려 중성적이면서도 시원스러운 매력이 느껴졌다.

"너도 궁금했지, 아네스?"

녹색 경갑주의 미녀가 바라보는 곳을 향해 드리튼과 이시스도 시선을 돌렸다.

그리고 두 사람은 떡하니 입을 벌려야만 했다. 순백색의 갑주를 입은 한 여자를 봤기 때문이다.

사금을 뿌려놓은 듯 반짝이는 금빛 머리카락이 얼굴의 1/3쯤을 가린 여인이었다. 우유처럼 매끈하고 손가락을 가져다 대면 흰 가루가 묻어나올 것만 같은 하얀 얼굴은 살짝 붉어져 있었다.

하지만 그녀가 가진 본연의 미태는 수그러들지 않았다.

오히려 수줍은 듯 건강해 보이는 홍조가 지상의 것이 아닌 것처럼 보이는 여인의 미모를 강조했다. 물결처럼 일렁이는 커다란 눈망울로 인해 상당히 어려 보이는 인상이었으나, 성숙한 몸매나 훤칠한 키로 미루어 샤렌과 비슷한 나이라 짐작할 수 있었다. 중요한 건 어지간한 미인이라 해도 무덤덤한 드리튼과 이시스의 가슴이 철렁 내려앉을 정도의 미모를 지니고 있다는 것이다.

'세상에……!'

'믿을 수가 없군.'

저 이오나 네이조차 단순한 미모만을 두고 비교하자니 손색이 있어 보일 정도다.

독특한 매력을 발산하는 녹색 경갑주의 여인은 아예 평범해 보이기까지 한다.

이는 단순히 외적인 생김 때문만이 아니었다. 백색 경갑주의 여인에게는 풍진 세상의 때가 조금도 느껴지지 않았다. 그녀가 입고 있는 갑주처럼 눈부시도록 하얗기만 한 분위기를 자아냈다.

한없는 고결함마저 느껴지는 순수.

그 순수의 미가 드리튼과 이시스로 하여금 아네스라는 여인이 지상 최고의 미모를 지닌 듯 느끼게 하는 것이다.

"이, 이렇게까지 하길 바랐던 건 아니에요."

아네스라 불린 여인의 붉은 입술이 환상처럼 벌어지며 모기 날갯짓처럼 작은 목소리가 흘러나왔다.

하지만 묘하게 그 목소리는 너무도 선명하고 또렷하게 모든 사람들의 귀에 들렸다.

"저희 때문에 놀라셨다면 죄송해요, 네이 경."

아네스의 커다란 눈망울에 뿌연 습기가 차올랐다.

너무나 애처로워 보이는 표정.

마치 그녀를 핍박하는 사람 자체가 세상에 더없는 악당인

듯 느껴지는 모습이었기에 드리튼과 이시스는 애꿎게 이오나를 힐끔거렸다.

그들의 시선 따위는 전혀 개의치 않고 이오나는 멀찌감치 서 있는 샤렌 쪽으로 걸음을 옮기며 물었다.

"다친 데는?"

샤렌은 고개를 저었다. 멀쩡하다는 뜻이었다.

이오나는 그제야 아네스를 보며 말했다.

"아, 아! 울 건 없어, 아네스. 다행히 다친 사람은 없어 보이니 말이야. 괜찮다고."

이오나가 귀찮은 기색이 역력한 표정으로 말했다.

'우린 사람도 아니냐!'

울컥하는 심정에 속으로 소리를 친 건 이시스였다. 땅바닥에 나뒹군 건 자신과 드리튼인데 괜찮은지는 멀쩡히 서 있는 샤렌에게만 물은 것이다.

"정말 괜찮은 거예요?"

이오나는 울먹이듯 말하는 아네스에게서 녹색 경갑주를 입은 여인에게로 시선을 돌렸다.

그리고 더없이 엄한 표정으로 말했다.

"플루타나, 정말로 이번이 마지막 경고야. 다음번에도 이런 짓을 하면 정말 가만히 있지 않겠어."

"아하하핫! 오랜만에 만났는데 너무 살벌하게 굴지 말라고, 이오나. 셋이 이렇게 한자리에 모인 게 얼마 만인데 그래?"

플루타나라 불린 여인은 근육질의 팔을 들어 올려 뒤통수를 긁었다. 장난이 심해 이오나의 심기를 긁는 듯했지만 악의는 전혀 보이지 않는 모습이었다.

"그나저나 저 부잣집 막내아들 같은 도련님은 누구래?"

플루타나는 턱짓으로 샤렌을 가리키며 물었다. 그다지 호의적인 태도는 아니었다.

플루타나의 질문에 아네스는 언제 눈물을 머금었냐는 듯 별빛 같은 눈망울을 초롱초롱 빛냈다. 그녀 역시 샤렌의 정체가 궁금했던 모양이다.

"내 친구."

이오나의 짧은 답변.

"에에? 친구?"

"네에?"

아네스와 플루타나가 동시에 입을 벌렸다. 둘 다 믿을 수 없다는 표정이었다.

"말도 안 돼."

아네스는 또다시 모기 날갯짓 같은 목소리로 중얼거렸고, 이번에도 사람들의 귀에 똑똑히 들렸다.

"뭐야, 이오나? 저렇게 허약해 보이는 남자 따위를 친구로 삼았다고?"

플루타나의 어조는 다분히 공격적이었다. 마치 자신이 용납할 수 없다는 듯한 태도였다.

그녀의 말에 이오나의 분위기가 갑작스레 변했다.

"……!"

전신에서 폭사되어 나오는 무형의 기운.

딱히 홀렉시움을 구현한 것은 아니었으나, 이오나의 심경을 반영해 바라카가 무형의 압력을 쏟아내는 것이었다.

"말조심해, 플루타나!"

엄중하기 짝이 없는 경고.

"에……?"

플루타나는 두 눈을 크게 뜨고는 이전보다 더 이해할 수 없다는 표정을 지었다. 이오나의 성격이 까칠한 건 어제오늘의 일이 아니다. 조금이라도 지나치게 장난을 칠라 치면 목숨을 걸어야 할 때도 있었다.

하지만 말 한마디에 이 정도의 압박을 해오는 것은 극히 드문 일이었다.

더구나 비실비실해 보이는 남자 때문인 경우는 전무하달 수 있었다.

"그는… 내 생명의 은인이다!"

"……!"

"……!"

플루타나도, 아네스도 그대로 굳어버렸다.

대체 세상에 누가 있어 이오나 네이의 생명을 위협할 수 있는 상황을 만들 수 있으며, 또 누가 있어 그와 같은 처지에 놓은 이오나 네이를 구해낼 수 있단 말인가?

플루타나의 황당함을 머금은 시선이 샤렌 쪽으로 향했다. 아무리 봐도 허리에 찬 무구가 아까울 만큼 허약해 보이는 사내였다.

'저런 비실비실한 녀석이 이오나의 생명을 구했다고?

플루타나가 당최 납득을 못하고 있을 때였다.

아네스는 어느새 이오나의 옆, 그리고 비실거리는 도련님의 앞에 서 있었다.

"그대가 우리 네이 경을 구해주셨군요. 정말 감사해요."

감격에 겨운 아네스의 인사였다.

"천만의 말씀입니다."

샤렌의 겸양에 아네스가 자신을 소개하고 나섰다.

"전 아네스 헤자르예요."

"……!"

"……!"

아네스의 소개에 드리튼과 이시스는 다시 한 번 놀랐다. 혹시나 하는 마음은 들었지만 진짜로 그녀의 정체에 대해 알게 되자 놀라지 않을 수 없었던 것이다.

백야(白夜)의 성위!

나약하고 순박해 보이기만 하는 저 여인이 청염의 성위 이오나 네이와 이름을 나란히 하고 있는 홀라덴의 사대성위이자, 지상 최강의 검호 중 일인으로 꼽히는 아네스 헤자르였던 것이다.

"백야의 성위셨군요. 평소 그 명성을 깊이 흠모해 왔습니다."

"은인의 성함은 어떻게 되시나요?"

브리올렛을 연상시키는 천진난만한 표정으로 아네스가 물었다.

"전 샤를로엔 크라슈라고합니다. 그냥 샤렌이라고 부르십시오."

아네스에게는 낯선 이름이었다.

"크라슈? 혹시 케신 철강의 그 크라슈 가인 건가… 요?"

당연히 입에 익은 반말이 나가려던 플루타나는 재빨리 이오나의 눈치를 보고는 '요' 자를 붙였다.

"그렇습니다."

"아하! 트라시아 특무대, 얼음의 집행자!"

아네스는 그제야 알겠다는 듯 손뼉을 마주쳤다.

그리고는 불쑥 샤렌의 얼굴 쪽으로 다가서며 살폈다.

"헤에? 그렇게 차갑게는 안 보이는데……?"

"얼음의 집행자라 불리는 사람은 제 형입니다."

샤렌은 흐릿한 미소로 아네스의 추측을 부인했다.

"아! 죄송해요. 크라슈 가라기에……."

아네스는 홍시처럼 새빨개진 얼굴로 어쩔 줄 몰라 했다.

"괜찮습니다."

샤렌의 말에 아네스는 금방 활짝 웃음을 머금었다. 표정의 변화가 명성 속 그녀의 검술만큼이나 빨라 보였다.

그때 이오나가 가벼운 턱짓으로 플루타나를 가리켰다.

"저쪽은 플루타나 헬리오야."

플루타나 헬리오.

녹암(綠巖)의 성위.

그녀 역시 홀라덴의 사대성위 중 하나로, 사실상 막강한 무력으로만으로 치자면 이오나보다 더 큰 명성을 떨치고 있었다. 눈앞의 모든 것을 부숴 버린다는 절대의 무위로 최근 유명세가 한창인 대검호였다.

"흑섬(黑閃)의 성위를 제외한 사대성위 중 세 분을 한자리에서 뵐 수 있다니! 정말 반갑습니다, 헬리오 경."

샤렌은 짐짓 감동한 듯한 표정과 함께 플루타나를 향해 고개를 숙였다.

"반갑습니다, 샤를로엔님."

플루타나는 일단 샤렌의 인사를 받았다. 케신 철강의 둘째 아들에 대해서는 금시초문인 그녀였다.

하지만 막강한 배경을 가진 만큼 뭔가 있을 수는 있다. 아무것도 없이 이오나의 생명의 은인이 될 수는 없으니까.

"그냥 샤렌이라고 부르십시오."

샤렌은 하얀 치아를 반짝이며 미소를 지었다.

그 모습을 보며 아네스의 얼굴이 살짝 붉어졌다가 원상태로 돌아왔다.

샤렌과의 소개가 끝나자 이오나가 플루타나에게 물었다.

"그나저나 교황 성하는 어쩌고 너희 둘 다 이곳에 몰려온 거야?"

다소의 질책 어린 질문.

플루타나는 샤렌이라는 청년을 살피다가 정색을 하고는 이오나의 질문에 답했다.

"일단 교황 성하의 호위는 하켄느에게 일임했어."

이오나의 미간에 주름이 잡혔다.

"아, 아! 그런 표정 짓지 말라고. 내가 한바탕하고 싶어 안달이 난 사람이긴 해도, 교황 성하의 호위를 내팽개치고 이곳에 오겠다고 나선 건 아니니까."

"저도 네이 경을 보고 싶은 마음이 하늘만큼이지만, 교황 성하의 안위를 염려치 않고 이곳에 온 건 아니에요."

플루타나에 이어 아네스가 다분히 소녀적인 어조로 변명을 했다. 순박하기 이를 데 없는 그녀는 마치 도둑이 제 발 저리듯 플루타나를 좇아 변명을 하고 나선 것이다.

이오나는 그와 같은 아네스의 말에는 신경조차 쓰지 않았다.

"그들이 감히 교황 성하를 압박한 건가?"

이오나의 초승달 같은 눈썹이 상큼 치켜 올라갔다.

"글쎄, 내가 정치적인 쪽에는 좀 둔하잖아. 아네스는 말할 것도 없고. 우린 그저 성하께서 너를 도우라고 하셔서……."

"흥!"

이오나는 나직하게 코웃음을 쳤다. 플루타나나 아네스의 도움이 필요없어선지, 아니면 그녀가 염두에 두고 있는 자들의 수작 때문인지 구분하기 힘들었다.

"뭐, 하켄느가 있으니 걱정은 없잖아? 적어도 자신이 맡은 일을 수행하는 것만큼은 이오나보다도 하켄느 쪽이 더 안심이니까 말이야."

플루타나의 말에 이오나의 눈썹 끝이 살짝 움직였다. 플루타나의 말이 못마땅했던 것이다.

그녀의 심기가 상했다는 사실을 모를 플루타나가 아니었다.

"아니, 조용히 성하를 보필하는 거 말이야. 하켄느는 성하의 명에 이견을 달거나 하진 않잖아."

플루타나의 말을 듣는 둥 마는 둥하며 이오나가 염려스러운 표정을 지었다.

"시한은?"

"응?"

"언제까지 엔살룸에 있어야 한다는 말씀 없으셨어?"

"글쎄? 성전이 끝날 때까지 아닐까?"

"성전은……."

이오나가 낮게 깔린 목소리로 말을 시작했다.

"끝나는 시기를 기약할 수 없는 전쟁이야. 당일에 끝날 수도 있고 수십 년이 걸릴 수도 있어."

"그런가?"

플루타나는 가볍게 고개를 갸웃거렸다.

"성전이 길어지면… 제아무리 하켄느라 하더라도 혼자서 교황 성하를 호위하며 집중력을 유지하기는 힘들어."

"그, 그 말씀은 교황 성하께서 위험할 수도 있다는 말인가요?"

아네스가 또 금세 울 것 같은 표정을 지었다.

그 표정에 이오나는 한숨을 쉬었다.

"당장 무슨 일이 벌어진다는 건 아니야, 아네스."

아네스가 정말로 울음을 터뜨리기라도 하면 곤란하다는 듯 이오나는 그녀부터 안심시켰다.

"그렇죠? 다른 성위기사들도 함께하니까 별일 없겠죠?"

이전과는 달리 아네스는 금세 빵끗 웃음을 짓지 않았다. 교황의 안위가 걱정되는 상황인만큼, 쉽게 기분이 바뀌질 않는 모양이었다.

"그렇기를 바라야지."

"애써 성전을 주창(主唱)해 왔으면서 이제 와서 교황 성하께 해를 끼칠까? 성하께서 서거하시면 성전도 중단해야 할 텐데……?"

플루타나가 미간을 찌푸린 채 의혹을 제기했다.

"그거겠군."

불쑥 끼어든 목소리는 남자의 것이었다.

"그거라뇨?"

플루타나는 자신들의 대화에 끼어든 샤렌이 마냥 마뜩치는 않았지만, 내용이 내용인지라 일단 질문부터 던졌다.

"실제로 누가 성전을 주창했던 표면적으로 성전을 선언하는 분은 교황 성하가 됩니다."

이오나가 아닌 플루타나에게 말하는 것이라 샤렌은 존댓말을 썼다.

"그래서요?"

그걸 누가 모르냐는 식으로 묻는 플루타나였다.

"누군가 교황 성하께 해를 끼치고자 한다면 경우에 따라 최소 두 가지의 방법을 사용할 수 있겠지요."

"최소 두 가지?"

"성전을 통해 얻고자 하는 것을 다 얻은 후에는 성전을 선언했던 교황 성하의 서거가 종전의 근거와 명분이 될 수 있을 겁니다."

"……!"

"그렇지 않았다면 암살에 무게를 두겠지요."

"저들이 제 치부를 스스로 드러낸다고요?"

플루타나가 말하는 저들이 누군지는 모르지만 샤렌은 주저없이 말을 이어갔다.

"모든 이들이 주적으로 삼고 있는 자들에게 책임을 뒤집어 씌우겠지요."

"남부혈맹에?"

이오나가 물었다.

샤렌은 고개를 끄덕였다.

"그럴 수도 있겠군."

쿠웅!

이오나의 동의와 더불어 땅이 은은하게 울렸다. 플루타나가 오른발로 땅을 구른 것이다.

"이것들을 당장……!"

플루타나의 턱 근육이 실룩였다. 노기를 억누르지 못하고 있음이다.

"당장 뭘 할 수 있는 건 없어."

이오나는 평소의 여유로운 목소리를 되찾았다.

"그딴 더러운 수작을 부리고 있는 걸 알면서 가만히 있을 수는 없잖아?"

플루타나의 불끈 말아 쥔 주먹 위로 푸른 혈관이 꿈틀거렸다. 평소에는 별달리 흔적을 보이지 않는 힘줄이었으나, 플루타나가 힘을 조금 주자 실뱀과 같은 모습을 드러낸 것이다.

"알았다고 당장 뭘 할 수 있는데?"

"당장 홀라덴으로 돌아가야지!"

"돌아가서 뭘 하게?"

"뭘 하긴? 개수작을 부린 놈들을 박살 내야지!"

"개수작을 누가 부렸는데?"

"뻔하잖아! 호시탐탐 성좌(聖座)를 노리는 대주교 놈들이겠지."

성위기사에게는 전혀 어울리지 않는 거침없는 발언이 플루타나의 입에서 튀어나왔다. 성격도 성격이지만, 그녀가 얼마나 분노하고 있는지 쉽게 짐작이 갔다.

"뻔해 보이는 대주교들을 닥치는 대로 박살 내겠다고?"

"…닥치는 대로라기보다는……."

"네가 대주교 한 명이라도 건드리면 그 책임 또한 교황 성하께 돌아간다는 거 몰라?"

나른한 목소리였으나 힐난의 기색이 역력했다.

아마도 이오나만이 저와 같은 어조를 구사할 수 있을 거라고 샤렌은 생각했다.

"그렇다고 흉악한 놈들의 수작질을 알았는데 가만히 있을 수는 없잖아?"

플루타나는 억울하다는 표정을 지었다. 지금의 분노를 표출할 길이 없는 게 화가 나는 것이다.

"아까도 말했듯 당장 벌어질 일은 아니니까 어떻게 해서든 교황 성하의 안전을 확보할 방법부터 찾아야겠지."

"이곳에서 어떻게 교황 성하를 보호할 수 있다는 거야?"

"그러니까 생각을 해보자고!"

이오나의 말에 플루타나는 입을 다물었다. 장난치기를 좋아하고 이오나와 실력을 겨뤄보길 즐기는 플루타나였으나, 기본적으로 성위기사로서의 이오나를 존중하는 그녀였다. 까칠하긴 해도 항상 자신보다는 나은 판단을 할 줄 알기 때문이다.

"혹시 뭔가 떠오르는 생각 없어?"

불쑥 묻는 이오나의 시선은 샤렌으로 향해 있었다.

플루타나는 왜 홀라덴의 일을 외인과 상의하느냐고 말하던 찰나에 그대로 굳어버렸다. 적발화안의 남자에게서 흘러나온 대답 때문이었다.

"뭔가 해답을 찾을 수 있을지 자신할 수는 없지만, 기본적으로 정보가 더 필요해. 아무것도 모르는 상태에서 세운 대안이 실효를 거두긴 힘드니까 말이야."

진중한 목소리로 말을 마친 샤렌의 말이 플루타나를 굳어버리게 한 이유는 말투 때문이었다. 지금까지 플루타나는 자신을 제외하고 이오나에게 말을 놓는 사람을 본 적이 없었다. 이오나와 지극히 거리를 두고 있는 하켄느는 언제나 깍듯한 태도로 그녀를 대했고, 이오나를 존경하다 못해 흠모의 감정에까지 이르러 버린 아네스 역시 그녀에게 말을 놓는 건 상상조차 못할 일이었다.

한데 저 비실이가 이오나와 반말로 대화를 진행한다.

그리고 이오나는 그에 대해 책망하지 않고 있다.

제아무리 생명의 은인이라 해도 이해할 수 없다.

교황 성하조차 이오나에게 반공대를 하는데 생명의 은인이 대수랴.

"그렇겠군. 그럼 나머지 이야기는 어디 앉아서 할까?"

이오나의 이야기에 플루타나는 멍한 상태에서 깨어났다. 그녀는 다시금 외인에게 대체 어디까지 홀라덴의 이야기를 해주려는 건지 물으려 했다.

하지만 이번에도 비실이의 말로 인해 플루타나는 입을 다물었다.

"제법 분위기 좋은 술집을 알아뒀어. 샤로타인 30년산이 제법이더군. 아까의 약속대로 한잔하면서 이야기해도 되겠지?"

'샤로타인 30년산!'

홀라덴을 통틀어 술이라면 누구에게도 빠지지 않는 플루타나에게 샤로타인 30년산은 치명적인 유혹이 아닐 수 없었다. 외인과 나눌 이야기가 아니냐는 말은 물론, 이와 같은 중대사를 논하며 술이 웬 말이냐는 말까지도 플루타나는 샤로타인 30년산이라는 말이 돋운 입맛에 꿀꺽 삼키고 말았다.

플루타나는 재빨리 이오나의 반응을 살폈다. 이제는 행여 이오나가 술은 곤란하다고 나설까 염려까지 되는 것이다.

"뭐… 서두른다고 해결될 일도 아니니까 술도 좋겠지."

이오나의 대답에 얼굴이 환해지는 플루타나였다. 표정을

드러내는 데 있어 둔한 편인 플루타나였으나 이번만큼은 아네스에 못지않게 신속한 표정 변화를 만들어낸 것이다.

3

샤토의 향기에는 VIP 고객을 위한 비밀 문과 통로가 존재한다. 사실상 성지에 방문한 명사들이 공공연히 호화 술집을 찾기란 곤란한 일이기 때문이다.

샤렌과 이오나 일행은 그 통로를 통해 샤토의 향기 2층 제일 구석에 위치한 특실에 도착했다.

두 명의 웨이터와 키하루가 그들을 맞이했다.

키하루는 한눈에 이오나와 아네스, 그리고 플루타나를 알아봤다. 북부 대륙 최강을 자랑하는 세 검호의 출현이니 당혹스럽지 않을 수 없었다.

하지만 키하루는 조금도 내심을 드러내지 않았다. 아젠투어의 행사이기 때문이다.

더불어 저 홀라덴의 사대성위 중 삼대성위와 함께하는 존야를 보며 그 위상에 새삼 감탄했다. 아직까지 각성 이전이거늘 저와 같은 거물들과 함께하는 아젠투어인 것이다.

"우와! 여기가 그 유명한 샤토의 향기라는 거지?"

비밀 통로를 통해 입장한 일행이기에 플루타나는 화려하기 짝이 없는 샤토의 향기 전모를 보지 못했다. 통로가 VIP룸으로 직접 연결되어 있기 때문이다.

"아까 그 남자, 기도가 범상치 않던데 누구?"

플루타나의 호들갑 속에서 이오나가 샤렌에게 물었다. 키하루에 관한 이야기다. 한눈에도 이런 술집에서 일하는 웨이터가 아님이 느껴졌던 것이다.

"그냥 날 돕는 사람 정도로만 알아둬. 자세한 이야기는 나중에 해줄게."

샤렌의 답변이었다. 사실 이오나라면 12암가와 얽힌 이야기를 해도 무방하다고 생각했다. 아니, 사실상 자세한 내용을 설명하고 만약의 경우에 대비하고 싶었다.

하지만 이곳에는 이오나 외에도 홀라덴의 이대성위가 더 있었다. 따라서 샤렌은 자칫 오해를 불러일으킬 발언은 하지 않는 게 낫다고 생각한 것이다.

"…그러니까 이 소파에 쓰인 천은 대륙 남부에서 직물과 섬유로 유명한……."

와중에 이시스의 견식을 자랑하는 수다는 계속되었다. 심플하면서도 고급스러운 특실의 가구가 어디 산인지, 특징은 무엇인지 아네스에게 설명하는 것이다. 아네스의 치명적인 아름다움에 현혹되어 버린 그는 홀라덴의 사대성위라는 이름을 망각한 채 환심을 사기 위해 급급해하는 중이었다.

"헤에? 이 방 하나를 꾸미는 데 그렇게 많은 돈이 들어요?"

아네스는 이시스의 말에 제법 흥미를 느꼈는지 반응을 보였다.

"미쳤군!"

이시스의 설명을 듣던 플루타나가 불쑥 내뱉은 말이었다.

"좋은 술만 있으면 되지, 뭐 하러 생돈을 바닥과 벽에 처발라?"

이어진 그녀의 투정에 이시스는 불만 어린 표정을 드러냈다. 술이란 그 자체도 중요하지만, 술을 마실 때 조성된 분위기도 큰 몫을 한다는 말을 하고픈 것이다.

하지만 경갑주 사이사이로 드러나 보이는 플루타나의 근육과 녹암의 성위라는 까마득한 명성으로 인해 침묵할 수밖에 없었다. 아무래도 겉으로 보이는 이미지상, 같은 사대성위라 해도 아네스와 플루타나는 대하는 데 있어서 다를 수밖에 없었다.

잠시의 침묵 속에서 술잔이 오고 갔다.

"크! 이 쓴 걸 왜 마시나 몰라!"

한 잔을 마실 때마다 터져 나오는 불만은 아네스의 것이었다.

하지만 가볍게 인상을 찌푸린 그녀의 앙증맞은 표정과 깜찍한 목소리로 인해 분위기가 가라앉기는커녕 오히려 고조되기만 했다. 지나칠 정도로 맑고 귀여운 아네스였기에 마치 성년이 되기 전의 소녀가 술을 마시는 것만 같았다.

몇 잔의 술이 돌아간 다음 플루타나가 이오나에게 물었다.

"대체 두 사람은 어떻게 된 거야?"

"뭐가?"

"천하의 이오나를 위험하게 할 일이 무엇이었고, 또 어떻게 저… 그러니까 샤렌님이 널 구하게 된 거냐고?"

반짝반짝.

플루타나의 질문에 이시스의 수다를 듣고 있던 아네스가 커다란 눈망울을 빛냈다. 안 그래도 궁금하기 짝이 없었던 것이다.

"…그와 알포네를 넘었어."

"……!"

"……!"

이미 사연을 알고 있는 드리튼, 이시스와 달리 플루타나와 아네스는 두 눈을 휘둥그레 떴다.

이어 이시스, 드리튼을 어리둥절하게 하는 일이 발생했다.

"어째서!"

버럭 지른 소리가 특실을 쩌렁쩌렁 울렸다. 아네스였다. 그녀는 단정한 눈썹을 하늘을 향해 상큼 치켜 올린 채 자리에서 벌떡 일어섰다.

"……?"

"……."

이시스, 드리튼이 놀란 표정으로 아네스를 바라보고 있을 때, 이오나는 별다른 반응을 보이지 않았다.

"왜 그렇게 위험한 일을 한 거죠?"

질문인지 책망인지 모를 외침이 아네스의 입에서 튀어나왔다.

"…당시 정황이 다급했어."

이오나는 특유의 여유 넘치는 표정으로 담담하게 대답했다.

"아무리 급해도 그렇죠. 어떻게 당신은 당신 자신을……."

아네스의 두 눈에 눈물이 그렁그렁 맺혔다. 감정이 복받치는지 마지막 말은 잇지도 못한 채 윗니로 아랫입술을 지그시 깨무는 것으로 대신했다.

"그가 도와서 무사했어."

마치 샤렌에게 목숨을 구함받은 일조차 아무것도 아니라는 듯 느껴질 만큼 이오나는 무감정하게 말을 했다.

"그러니까 애초부터 왜 그런 위험한 곳에……."

"성위기사에게 특별히 위험한 곳이란 존재하지 않아, 아네스. 특히 우리 사대성위에게는 말이지."

성위기사 본연의 임무는 세키나 교의 수호다. 그중 사대성위는 교황의 호위가 주(主)다. 언제 어느 때든 암살 기도가 있다 해도 이상할 게 하나도 없는 게 상황을 말하는 것이었다.

하지만 그와 같은 원론적인 이야기가 이오나를 염려하는 아네스의 감정의 근원까지 얽어매지는 못하는 모양이었다.

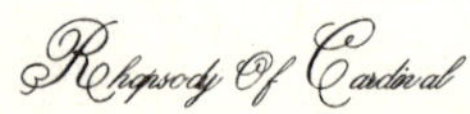

더구나 태연하다 못해 무감정하게까지 느껴지는 이오나의 어조가 아네스를 더욱 서글프게 만드는 것처럼 보였다. 성의와 마음이 무시되는 듯 보였던 것이다.

'저런 여린 심정으로 어떻게 그 무시무시한 홀라덴의 사대성위가 된 거지?'

어린 소녀처럼 울먹이는 아네스를 보며 이시스는 생각했다. 소문 속 아네스 헤자르는 정말로 무섭기만 했다. 백야의 성위가 떨치는 명성은 청염과 녹암으로 불리는 이오나와 플루타나에 비해 부족함이 있지만, 어째서인지 그중 가장 공포스러운 존재로 각인되어 있었던 것이다.

하지만 눈앞에서 보이는 저 가냘픈 소녀적 감성의 여인이 사대성위 중 가장 무서운 존재로 여겨진다는 게 도저히 믿기지 않았다. 아니, 믿을 수가 없었다.

"진정해, 아네스. 어쨌거나 이오나는 무사하잖아."

보다 못한 플루타나가 나서서 아네스를 진정시켰다.

아네스는 자신의 팔목을 잡은 플루타나를 잠시 응시하다가 자리에 앉았다.

이오나는 그런 아네스에게 시선조차 주지 않고 묵묵히 샤로타인 30년산을 음미했다. 마치 더 이상 이야기를 이어갈 생각이 없는 것처럼 보였다.

아네스의 폭발로 분위기는 한껏 어색해졌다.

드리튼, 이시스는 물론 플루타나까지 아네스와 이오나의

눈치를 살피며 무슨 말을 이어갈지 몰라 했다.

반면 이오나도, 샤렌도 태연하기만 한 표정이었다. 마치 샤로타인 30년산의 맛을 음미하는 게 지상과제인 양 느릿하게 술의 맛과 향을 즐기는 데만 집중했다.

그런 샤렌의 모습이 플루타나의 신경을 자극했다. 이오나의 생명을 구했다는 말이 나오는 데는 뭔가 이유가 있을 법한 분위기를 느낀 것이다.

꽤 길게 이어진 침묵을 깬 건 이오나였다.

"어쨌든 알포네에서 샤렌이 내 목숨을 구했어."

짧은 말.

그리고 잠시의 시간을 두었다가 그녀가 다시 입을 열었다.

"…그가 날 지켜준 거지."

"……!"

"……!"

이오나의 말에 플루타나와 아네스가 두 눈을 휘둥그레 떴다. 크게 떠진 그들의 눈은 샤렌을 향했다.

이오나가 누군가에게 지켜졌다는 말.

이는 그저 도움을 받아 위기를 벗어났다는 것과는 의미가 완연히 달랐고, 그 차이를 두 사람은 잘 알고 있었다.

"그리고 지금은……."

이오나의 말은 아직 끝나지 않았다.

"…승부의 대가를 치르는 시간이야."

"승부?"

"대가?"

이오나가 샤렌을 힐끔 본 다음 말했다.

"내가 그에게 졌거든. 그러니 다른 모든 이야기는 뒤로하고, 지금은 술을 마시는 것만을 즐기도록·하지."

이오나의 호승심에 대해 누구보다 잘 아는 플루타나와 아네스였다.

한데 이오나가 저토록 순순히 패배를 자인하고 있으니 그들은 아예 넋이 나가 버렸다.

누군가에 의해 지켜지고, 또 패하고…….

평소의 이오나 네이를 아는 사람이라면 누구든지 충격을 받을 수밖에 없는 일인 것이다.

그렇게 홀라덴의 이대성위가 충격과 경악에 사로잡힌 채, 샤토의 향기 특실은 밤을 향해 서서히 나아가고 있었다.

4

"드르렁!"

"푸우우!"

커다랗게 코 고는 소리와 구멍 난 풍선에서 바람 빠지는 듯한 숨소리가 묘한 하모니를 이루고 있다. 이시스와 플루타나의 합주(?)였다.

샤로타인 30년산의 치명적인 맛을 즐기던 두 사람이 뻗어 버린 것이다. 테이블 위에는 무려 빈 병의 개수가 열을 넘어갔다. 애주가인 플루타나가 이 귀한 술을 언제 또 마셔보겠냐며 들이켰고, 이시스 역시 식탐(食貪)을 능가하는 주탐(酒貪)을 발휘해 플루타나를 거들었다.

홀라덴의 삼대성위 기사들과 함께하느라 눈치를 살피는 드리튼은 술을 최대한 자제했고, 그보다 적게 마신 아네스도 있었다.

하지만 드리튼은 벌게진 얼굴을 감출 수 없었고, 아네스는 꾸벅꾸벅 조는 중이었다. 한없이 부드러운 맛이지만 샤로타인 30년산이 꽤나 독한 술이기 때문이다.

"정말이지, 술 하나만큼은 대륙제일일지도 모르겠군."

이오나가 발갛게 달아오른 얼굴로 샤렌에게 말했다.

"요즘은 아무리 술을 마셔도 일정 이상으로는 취하지 않아."

샤렌이 웃으며 대답했다. 하온 때문이다. 하온을 운용하기 시작한 후로는 살짝 기분이 좋아지는 정도 이상으로는 좀처럼 취하지 않았다. 마치 스스로 상처를 치유하듯 취기를 없애버리는 듯싶었다.

"요즘이라고?"

이오나가 피식 웃었다. 지난날 샤렌이 마셨던 술을 다 토해냈다는 사실을 모르는 그녀이기에, 그가 지금 겸손한 태도를 보인다고 생각한 것이다.

"예전에 비해 더 그렇다는 이야기야."

"천금은 있어야 그대의 술값을 감당할 수 있겠군."

예전에 비해 더 술이 세졌다니 이오나가 다시금 미소를 지었다. 가무잡잡한 피부로 인해 더 하얗게 보이는 치아가 드러난 미소였다.

"좋군."

샤렌이 뜬금없는 말을 툭하니 내뱉었다.

"뭐가?"

"당신의 그 웃음."

"내 웃음이 뭐?"

"다시 볼 수 있어서 좋네."

"……."

이오나는 아무런 말도 없이 금빛으로 찰랑이는 샤로타인 30년산을 한 모금 베어 물었다. 부드러우면서도 강한 자극. 그 모순된 느낌이 입안 가득 부풀어 올랐다가 목으로 밀려갔다.

"나도 좋아!"

난데없이 끼어든 목소리.

꾸벅이며 졸던 아네스였다.

씨익.

풀린 두 눈으로 이오나와 샤렌을 한 번씩 번갈아 본 그녀는 곧바로 고개를 푹하니 떨어뜨렸다. 순식간에 다시 잠에 빠져버린 것이다.

"후훗, 귀여운 아가씨네."

아네스를 보며 한 샤렌의 말에 이오나가 닫았던 입을 열었다.

"응. 조금 귀찮긴 하지만."

"당신에게 의지하는 거 같더군."

"의지?"

"뭐랄까? 저 친구 당신을 볼 때, 친구라기보다는 부모를 바라보는 것 같은 느낌이야."

"부모라……."

이오나는 샤렌의 말을 나직이 중얼거렸다.

"그때 그 일이 있은 후부터 날 귀찮게 하긴 했지."

"그때 그 일?"

"저 녀석이 지금보다 한참 어렸을 때야. 우리 넷이 막 차기 사대성위로 내정을 받았을 때니까 제법 오래전 일이지."

이오나는 잠시 허공을 응시했다가 말을 이었다.

"대주교님 중 한 분을 호위하며 이동하던 중에 암습을 받았어. 상당히 대규모랄 수 있는 습격이었지."

"어릴 때부터 그런 일에 나섰던 거야?"

"사대성위의 일원이 되기 위해서는 그렇게 키워지는 거지."

짧고 가볍게 미소를 짓는 이오나였다.

샤렌은 그녀의 미소 위에 겹쳐진 그림자를 놓치지 않았다. 단지 어린 시절의 처지를 되돌아보는 표정치고는 그림자의 아픔이 유독 짙어 보였다.

하지만 샤렌은 자신이 본 그림자의 두께를 내색하지 않았다. 무게감 있는 표정으로 호응을 할 뿐이었다. 그쪽이 상대가 좀 더 편하게 속내를 털어 놓는 데 좋다는 것을 알기 때문이다.

"수적 열세가 극심했고, 우리는 곧 수세에 몰렸어. 정확히 말하자면 대주교님께서 부상을 입게 된 거지."

찰나의 순간 이오나의 얼굴에 떠올랐다 사라지는 표정.

1초도 되지 않은 짧은 순간, 샤렌은 이오나의 눈썹과 코, 그리고 입매가 동시에 움직이며 드러낸 감정을 놓치지 않았다.

그것은 아픔이었으며, 슬픔이었다. 말을 하고, 표정을 지은 이오나 자신은 느끼지 못하는, 무의식적으로 드러난 표정이었다.

샤렌은 그녀들이 지켰던 대주교라는 사람이 이오나에게 특별한 사람이었음을 짐작할 수 있었다. 단순히 임무에 입각한 호위였다면 무의식적으로 자신의 감정을 드러낼 정도는 아니었을 테니까.

"저 녀석이 제 실력을 발휘하지 못해서였어. 대주교의 부상은 둘째 치고 제 한 몸조차 건사하지 못할 정도였으니까."

"나이가 어려서 그랬던 건가?"

"아니. 녀석의 무재는 나조차도 깜짝 놀랄 정도야. 그 정도 나이라면 암습자들 따위에게 위협을 당할 일은 없어."

이오나는 단호하게 말했다. 아마도 자신의 어린 시절을 기억해 비교한 후 단정 지어둔 결론이리라.

"자신의 검에 부상을 입은 적의 피를 보고 그대로 굳어버렸던 거야. 아예 검을 휘두르지도 못하더군."

"피를 보고?"

"어쩌면 감촉 때문일지도 모르지. 사람을 벤다는 건 이상하리 만큼 선명하게 느껴지거든. 마치 손가락 전체가 신경이 되어버린 듯 말이야."

샤렌은 그럴 수도 있다고 생각했다. 사실 맨 주먹이 아닌 제대로 된 무구로 누군가에게 상처를 입혀본 적이 없는 그다.

하지만 분노로 이성을 잃지 않은 상태에서 피투성이가 된 상대에게 주먹을 휘두를 수 있을까 하는 가정에는 여전히 의문이 남는다. 그러니 맨 정신으로 사람의 피부를 자르고, 근육을 가르며, 그 사이에서 쏟아지는 피를 바라본다는 게 쉽지만은 않을 터라 짐작할 수 있었다.

"어쨌든 그로 인해 녀석도 위기에 처했고, 난 그녀를 도와야만 했어."

"그 후부터 당신을 따르게 된 건가? 생명의 은인이라서?"

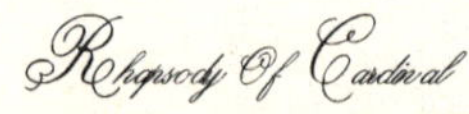

"글쎄? 우리의 어린 시절은 서로가 서로의 목숨을 구할 수밖에 없는 상황이었어. 내가 살기 위해서라도 말이지."

"처음이라 의미를 둔 게 아닐까? 뭐든 처음이란 특별하잖아."

"…특별하긴 했겠군."

이번에는 노골적으로 드러내 놓고 씁쓸한 미소를 짓는 이오나였다.

"에? 뭔가 다른 일이 있었던 거야?"

"내가 녀석을 돕는 짧은 순간 동안, 대주교님께서 목숨을 잃으셨어."

"……!"

"당시에 나는 어렸고, 그 상황을 받아들이기 쉽지 않았지. 그래서 녀석에게 꽤 심한 말을 하고 말았어."

"……."

샤렌은 재촉하지 않고 관심을 가진 표정을 지은 채 이오나의 다음 말을 기다렸다. 여러 방면에서 이오나 스스로가 후회하는 느낌이 들었기 때문이다. 언제나 그렇듯 특별한 목적이 없는 한 여자의 상처를 자신이 직접 꺼내 들지 않는 샤렌인 것이다.

"짐이 될 바에는… 차라리 죽어버리라고! 그렇게 말해 버린 거지."

"……."

침묵 속에서 이오나는 단숨에 술잔을 비웠다.

샤렌은 잔을 살짝 흔들어 얼음이 잘 녹도록 한 다음, 천천히 술을 마셨다.

"단 한 번의 외침이었는데… 녀석은 무엇에 홀린 사람처럼 검을 휘두르기 시작했어. 적은 이미 물러나고 있었는데 말이지. 난… 말리지 않았어."

"그녀가 대신 복수를 해주길 바랐던 거군."

이오나의 속내를 훤히 읽은 샤렌의 말이었다.

이오나는 다시금 고소를 머금었다. 샤렌의 통찰력을 새삼 기억해 낸 것이다.

"분노가 나를 사로잡았었지. 녀석이 제 실력을 발휘했다면… 내가 좀 더 강했다면… 그리고 무엇보다……."

이오나는 취기에 약간 흐릿해진 눈으로 아네스를 바라봤다.

그리고 평소에 비해 한없이 힘겹게 보이는 모습으로 입을 열었다.

"당시 내가 저 녀석이 아닌 그분께 달려갔었다면……?"

샤렌은 이오나가 쉽지 않은 말을 꺼내 들었음을 알 수 있었다. 자책과 후회를 넘어선 선택의 문제였다. 당시 죽은 대주교라는 사람이 이오나에게 있어 특별한 의미였다면, 그녀는 심정적으로 아네스보다 대주교를 구하고 싶었으리라.

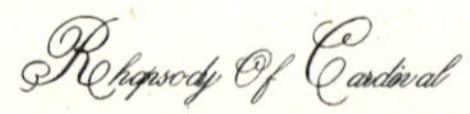

"그런 마음을 말한 적 있어?"

"한 번도!"

이오나는 아네스에게 머물렀던 시선을 다시 샤렌에게 돌렸다. 단호한 표정이었다.

그리고는 곧 표정을 풀며 말했다.

"그렇게 돌아가시지 않았다면 차기 교황이 되셨을 분이야. 무엇보다 내게는……."

잠시의 시간, 그리고 이어지는 이오나의 말.

"아버지이자 어머니 같은 분이셨고."

"그녀가 아무리 어렸다 해도… 충분히 짐작할 수 있었겠군."

"아마도……."

이오나는 부정하지 않았다. 아무리 나이가 어렸던 아네스라지만 그 정도는 알아챌 정도는 되었던 것이다.

샤렌은 아네스를 봤다. 그의 흥미를 자극할 만한 행동 양식을 보였기 때문이다.

이오나의 후회 어린 선택 속에서 살아난 자신의 목숨.

계속 되어가는 삶 속에서 그녀는 서운한 감정도, 보답에 대한 부담도 잊은 듯, 오히려 이오나에게 기대는 모습을 보였다.

더불어 사대성위 중 세상 사람을 가장 두렵게 하는 명성까지 떨치는 중.

그 복잡한 감정의 메커니즘을 샤렌으로서는 선뜻 이해하기 힘들었다.

'아직까지군.'

드러난 작은 현상을 보는 것만으로도 여자들의 생각이나 감정 등을 짐작하기란 크게 어려운 일이 아니었다.

그럼에도 한 여자의 감정과 생각 자체를 이해하기란 샤렌에게는 아직도 요원하기만 한 것이다.

샤렌이 아네스에 대해 생각하며 자신의 한계를 새삼 자각하고 있을 때, 한 잔 술을 더 마신 이오나가 말했다.

"그날 이후 다시는 지켜야 할 사람을 잃지 않겠다고 다짐하고 또 다짐했어. 어떻게 생각하면 내 자신이 성위기사로서의 숙명을 받아들인 계기라고도 볼 수 있지."

"잘해내 왔잖아. 지금까지."

"물론!"

어느새 이오나의 얼굴에는 평소의 권태로울 정도로 여유로운 표정이 되돌아와 있었다.

"적어도 그대에게 지켜지기 전까지는 그래왔지."

"지켰다고 말하기엔 무리가 있지."

"방심했었어."

"……?"

"그대가 도와주지 않았다면 틀림없이 부상을 입었을 거야. 어쩌면 난 알포네를 벗어나지 못했을지도 몰라."

"그럴 리가! 검공과 함께였잖아."

"내가 받들어야 할 사명이 있듯 슈바르 대공에게도 지켜야 할 책무가 있어. 그쯤 되는 인물이라면 책무를 저버릴 위험을 무릅쓰느니 자신의 안위를 우선하는 게 옳아."

상황이 좋지 않은 상태에서는 테오타신이 부상당한 이오나를 버리고 갔을 거라는 말이었다.

"냉정한 처지군."

샤렌은 이오나를 버렸을 테오타신에게 한 말인지, 그와 같은 상황을 담담히 받아들이는 이오나에게 한 말인지 모를 소리를 했다.

그런 샤렌의 말을 이오나가 받았다.

"누구나 삶에 있어서의 목적은 다르니까."

샤렌이 냉정하다 말한 바를 이해한다는 뜻이었다.

하지만 그녀의 말은 샤렌에게 다른 의미로 다가왔다. 뜻을 곡해한 것이 아니라 그녀의 말이 다른 의미에서 샤렌을 자극한 것이다.

'삶의 목적이라…….'

누군가와 다를 수밖에 없다는 사실보다 목적이란 말 자체가 무게감있게 다가왔다. 자신이 무슨 목적으로 가지고, 무엇을 위해 살아야 할지 아직까지 흐릿하기만 했다.

본의 아니게 인류의 위기를 선지(先知)하게 되었다고 해서 인류 구원이 자신의 목적이라고 생각되지는 않았다. 누군가를 도운 후, 그 사람의 미소를 보는 것이 꽤나 보람된 일임을 느꼈다. 지난번 브리올렛도 그랬고, 조금 전 이오나의 미소도 보기 좋았다.

그렇다고 해서 무턱대고 사람들을 돕겠다는 생각 역시도 들지 않았다. 가치를 아는 것과 그 가치가 삶의 지상과제가 되는 것에는 거리가 있었던 것이다.

샤렌이 자신만의 생각에 몰두해 있는 동안 침묵 속에서 두 사람의 대화를 듣고 있던 드리튼의 표정에 미미한 변화가 일었다. 생각에 잠긴 샤렌을 바라보는 이오나 때문이었다.

털끝 하나, 가벼운 숨소리에도 오연함이 묻어나는 이오나다. 그녀의 눈빛은 말할 것도 없다.

한데 지금은 다르다. 부드럽고 아련한 시선이다.

그녀의 인상마저 달라 보인다.

더 이상 끝이 살짝 치켜 올라간 눈매로 도도함을 넘어서 오연한 매력을 발산하던 이오나가 아니었다.

취기에 흐릿한 시야지만 그것만큼은 분명히 구분되었다.

'여자… 인 건가?

드리튼은 흐려진 눈에 샤렌을 담았다.

혼자만의 생각에 깊이 빠져 있는 샤렌.

자신의 절친한 친구인 그는 어느새 청염의 성위를 여자로 바꿔놓은 것이다.

"정말이지……."

피식 하는 웃음과 함께 드리튼은 고개를 좌우로 저었다. 그의 혼잣말은 정신을 유지하는 세 사람의 상념을 깨기에는 너무나 작았다.

뭐?

샤렌, 그 양반 운이 너무 좋다고?

이런 경우는 악운에 강하다고 봐야 하는 거야.

혹시 네 녀석도 그런 상황에 처했으면 저절로 대단한 인물이 되었을 거라 생각하는 건 아니겠지?

쯧쯧……!

그런 허황된 착각에 빠지다니.

잘 생각해 봐.

그 양반이 겪었던 수많은 위기들에 대해서 말이야.

사람의 목숨이 오락가락하는 그 순간들마다 네놈이 그 양반처럼 대처할 수 있었겠냐?

아니, 그렇게 복잡하게 생각할 필요도 없지.

알포네의 경우만 봐도 그래.

네 녀석이 자비에에게 잡혀 생살이 갈리는 고통을 매일같이 겪었다고 상상해 봐.

흐흐, 생각해 보니 끔찍하지?

맨 정신을 유지할 수나 있었겠냐고?

그러니 모든 게 운이 좋아서… 라고는 절대 말할 수 없는 거야.

운이 따르지 않았다는 것은 아니지만, 적어도 운만으로 세상에 그 양반과 같은 이름을 남길 수는 없어.

그런 게 가능한 건 오직 삼류 극작가의 연극 속에서뿐이니까 말이야.

네 녀석도 나이가 좀 들면 알겠지만, 현실이란 사람이 상상할 수 있는 그 어떤 것보다 더 냉혹하고 치열하단 말이야.

상상을 넘어서는 현실이란 걸 네가 느끼려면 꽤 오랜 세월이 필요하겠지만 일단은 알아만 두라는 거지.

그리고 말이지.

나이 든 사람들이 존중을 받는 건 그런 현실을 헤쳐 살아왔기 때문인 거야.

응?

거기서 왜 나이 든 사람에 대한 존중 이야기가 나오느냐고?

이 녀석이?

너… 진짜 지옥과 같은 현실을 헤쳐 오늘까지 살아온 이 어르신께 먼지 나도록 맞아볼래?

Chapter 8

Rhapsody Of Cardinal

1

"도대체 요즘 뭐가 그렇게 바쁜 거예요?"

아침부터 들이닥친 브리올렛이 뾰로통한 표정으로 다그쳤다.

"하핫! 중요한 일들이 있어서 그래요."

샤렌의 웃음에도 브리올렛의 표정은 풀리지 않았다. 그녀는 드리튼과 이시스를 흘겨봤다. 두 사람을 만난 이후로 샤렌이 부쩍 바깥으로 나돌았기 때문이다.

드리튼과 이시스가 그 눈치를 모를 리 없었다.

"저희도 끌려 다니는 입장이에요."

이시스가 억울한 어조로 말했다.

"혹시 중요한 일이라는 게 그 북부인 여자를 만나는 건 아니죠?"

브리올렛이 말하는 '북부인 여자'가 누군지는 명확했다.

대답은 이시스에게서 나왔다.

"에르미나는 아니에요."

총명하기 짝이 없는 브리올렛이 이시스의 말속에 담긴 뜻을 모를 리 없었다.

"에르미나 '는' 아니라고요?"

드리튼은 이시스를 보며 혀를 찼다. 둔감하다기보다는 성격이 급해 말을 좀처럼 참지 못하는 이시스인 것이다.

"샤렌님은 엔살룸은 처음이라면서도 이곳에 있는 여자들은 참 많이 아시나 봐요?"

브리올렛은 이곳에 있는 사람들이 아니라 '여자'라고 명확히 한정을 지었다.

샤렌은 싱긋 웃으며 말했다.

"엔살룸으로 함께 오다가 헤어졌던 친구를 만난 거예요."

"그러니까요. 초행인 곳에 참 친구도 많으시다고요."

이시스의 말로 인해 한번 틀어진 브리올렛은 좀처럼 제자리로 돌아오지 않았다. 늘 그녀는 샤렌에 대해 좀 더 많은 것을 알고 싶었다. 그러니 친구라 뭉뚱그려 말하는 것 자체도 사실 마음에 들지 않는 것이다.

그와 같은 브리올렛의 심정을 샤렌이 모를 리가 없었다. 샤렌은 부드러운 미소를 유지하며 브리올렛에게 말했다.

"사실 제가 얼마 전에 복잡한 일에 휘말리고 말았어요."

"복잡한 일이요?"

"감당하기 힘들 정도로 말이죠."

샤렌은 미간을 살짝 찌푸리며 말했다.

그러자 브리올렛은 언제 뾰로통했었냐는 식으로 금세 걱정스러운 표정을 지었다.

"제가, 도울 수는 없는 일인가요?"

샤렌은 고개를 가로저었다.

"아버님께라도 말씀드려 볼게요."

샤렌은 또다시 고개를 저은 다음 말했다.

"지금의 이 일과 관련해 머지않아 브리올렛님의 도움이 필요하게 될 거예요. 하지만 지금은 그럴 단계가 아니랍니다."

"머지않아서요?"

이번에는 고개를 끄덕이는 샤렌.

브리올렛은 커다란 눈동자를 잠시 움직이더니 곧 미소를 지었다. 샤렌이 겪고 있는 문제가 무엇인지는 여전히 궁금했다.

하지만 샤렌이 자신에게 문제를 감추려는 게 아니라 시기를 맞추려 한다는 것을 알고서는 일단 만족을 한 것이다.

"때가 되면 즉시 말해주기예요?"

"그때는……."

샤렌도 브리올렛의 표정에 맞춰 미소를 머금었다.

"잘 부탁드려요."

"당연하죠!"

브리올렛은 두 주먹을 불끈 쥐었다.

"샤렌님의 일은 곧 제 일이라고요!"

2

"이제 막 기본을 익히는 중인데……."

아침 식사가 끝나자마자 샤렌을 이끌고 수련장으로 온 브리올렛.

샤렌의 이야기를 듣고는 미간을 찌푸렸다. 아직 형과 투로를 제대로 익히지도 못한 그가 다른 무엇을 연습해 보겠다는 것이다.

"일단 실현 가능성이 있는지 시도라도 해보게요."

브리올렛은 마지못한 표정으로 샤렌이 대체 무엇을 하려는지 보기로 했다.

샤렌은 곧바로 하온을 운용했다.

그의 미간 상단에 영시안이 떠오르자 브리올렛은 저도 모르게 뒷걸음질을 쳤다. 그가 영시안을 만들어냈을 때 발휘하는 무시무시한 현상들을 봐왔기 때문이다.

그때 샤렌의 전신에 금빛 광채가 일렁이기 시작했다.

브리올렛은 생전 처음 보는 광경에 두 눈을 휘둥그레 떴다. 막대한 양의 잉크라를 운용할 때 안개처럼 희미한 빛이 불꽃처럼 일렁일 수는 있다.

하지만 지금 샤렌이 보여주는 장면과는 차원이 다르다. 샤렌의 전신을 휘도는 광채는 마치 가스등처럼 선명하고 밝게 빛나고 있는 것이다.

브리올렛은 홀렉시움을 떠올렸다. 신이 허락한 힘이라 칭해지는 바라카다.

오직 스스로의 수련만을 통해 축적해 발휘하는 잉크라에 비교하자면 명성을 떨치는 북부인 몇몇이 운용하는 에너지의 양은 측량키 힘들 정도.

그들이 바라카를 운용할 때면 밝은 태양과 같은 빛을 발한다는 이야기를 들었고, 그 빛이 홀렉시움이라 칭해진다는 것을 브리올렛은 알고 있었다.

'애초부터 샤렌님이 운용할 수 있는 하온이라는 에너지의 양이 엄청났던 거로구나!'

브리올렛이 샤렌의 몸에서 빛나는 찬란한 광채를 보고 있노라니 그 색이 변하기 시작했다. 휘황한 금광이 탁해지는가 싶더니 곧이어 회색으로, 다시 검은색으로 변했다. 그 검은색 빛은 완벽하게 샤렌의 몸을 감추고 말았다.

'묵혼……? 아니, 묵혼 같은 게 아니야!'

브리올렛은 커다란 눈을 더욱 크게 뜨며 샤렌의 몸에서 일어나는 현상을 살폈다. 샤렌이 만들어낸 묵광(墨光)은 암가의 영자들이 사용하는 묵혼과 사뭇 달랐다. 묵혼은 안개와 같은 느낌이 강하다.

하지만 샤렌의 몸을 휘감은 빛은 빛 자체에 더 근접했다. 묵혼이 어둠에 덧칠하는 느낌이라면 샤렌의 묵광은 어둠, 그 자체인 듯한 느낌인 것이다.

잠시 후, 샤렌의 몸을 감싸던 묵광이 사라졌다.

"대체 그게 뭐예요?"

브리올렛은 호기심을 억누르지 못하고 질문했다.

"암가의 영자들이 사용하는 묵혼을 보고 제 나름대로 따라 해본 거예요."

"묵혼하고는 꽤 다른데요?"

샤렌은 고개를 한 번 끄덕였다.

"뭐랄까? 그들의 묵혼을 보고는 영감이 떠오른 게 있어서요."

"영감이요?"

"지난번 브리올렛님이 그랬잖아요. 잉크라에는 고유의 성질이 있다고."

"네, 그랬어요."

"하지만 제가 운용하는 하온은 그와 같은 고유의 성질에 큰 구애를 받지 않잖아요."

"그랬죠."

"그래서 제가 하온을 운용할 때 떠오르는 색을 바꾸는 데도 별다른 어려움이 없을지도 모른다는 생각을 해본 거예요. 애초 제가 하온을 운용할 때 보이는 색이 제 몸에 있는 하온 고유의 색이라기보다는 빛을 내는 현상을 처음 봤을 때의 색이 그대로 반영되었다는 느낌이 들었거든요."

"아, 그런 일이?"

브리올렛은 당최 샤렌이 가진 하온이라는 에너지를 이해할 수가 없었다. 축적의 양은 물론이거니와, 그 활용에 있어서도 제약이라는 게 없는 것처럼만 느껴졌다. 잉크라는 물론 바라카라는 에너지를 염두에 둔다고 해도 하온이라는 에너지의 자율성은 브리올렛이 상상할 수 있는 범위 밖에 있는 것이다.

"아무래도 빛의 색이 정해지는 연유가 운용법에 기인한 게 아니라 제 의식과 더 깊은 관계가 있는 것 같아요."

"흐음, 신기하네요."

"몇 가지 더 실험해 볼 게 있어요."

"뭘요?"

"애초 제가 떠올린 영감은 묵혼은 흉내 내는 게 아니었거든요."

"……?"

브리올렛이 기대감에 부푼 눈으로 샤렌을 바라볼 때, 다시 한 번 영시안이 만들어졌다.

그리고 그의 몸을 휘감은 금빛 광채.

찬란한 빛 일색이던 금광은 곧 햇살에 반짝이는 바닷가의 모래처럼 변했다. 한결같던 금빛 일색에서 다른 색을 가진 입자들이 나타나기 시작한 것이다. 입자들은 제각각의 색을 갖는가 싶더니 베이지색과 유사한 빛을 띠었다.

"맙소사!"

빛의 변화를 보던 브리올렛은 두 눈을 휘둥그레 뜨며 감탄사를 토해냈다. 그제야 샤렌이 실험하고자 하는 바를 깨달은 것이다.

샤렌이 만들어낸 빛의 색은 수련장의 벽과 같았다.

색이 다른 입자들은 벽에 그려진 문양들을 흉내 내려는 것.

다시 말해 샤렌은 지금 자신이 보고 있는 배경 색을 몸에 덧씌우려는 시도를 하는 것이다.

샤렌의 몸을 덧씌워진 빛이 일렁이기 시작했다. 벽 쪽으로 이동하는 것이다.

그러자 무심결에 본다면 의식하지 못할 정도로 배경의 구분이 흐릿해졌다. 만약 복잡한 색이 어우러진 곳에 그가 서 있다면 좀처럼 구분하지 못할 것이다. 자연에 묻혀 버리는 곤충의 그것처럼 말이다.

잠시 후, 샤렌의 목소리가 들렸다.

"헤에? 좀만 더 신경을 쓰면 괜찮을 것 같죠?"

"네? 네! 지금도 자세히 보지 않으면 잘 구분이 안 돼요."

브리올렛은 놀란 심정을 그대로 표출했다.

"하핫! 그 정도까지는 아니지만, 첫 시도치고는 괜찮네요. 역시 제 생각대로 될 수 있을 것 같아요."

스스로도 만족스러운 듯한 샤렌의 목소리.

경쾌한 그의 목소리와 달리 브리올렛의 표정은 무겁기만 했다.

'묵혼은 최소의 잉크라의 운용으로 전개가 가능하다고 했어. 만약 샤렌님이 저와 같은 능력을 극한까지 사용할 수 있다면……?'

상대는 보이지 않는 적을 맞이해야만 한다. 분명 이는 실전에 있어서 큰 도움이 될 수 있다. 암가의 영자들은 밤에만 나래를 펼치지만 저와 같은 능력이라면 밤낮의 구분이 없는 것이다.

감지만으로 적을 상대할 수 있는 무투가가 세상에 몇이나 된단 말인가?

그러니 샤렌이 고안한 이 기상천외한 은신의 술(術)은 더없이 유용할 수밖에 없었다. 설사 적이 탁월한 감지 능력이 있다 해도 마찬가지다. 실전에서는 극히 미세하게라도 우월한 무엇인가가 있다면 생사를 가르는 순간에 유리한 고지를 점하고 있다는 말이 된다. 암가의 영자들이 묵혼을 얼마나 중시여기는지만 봐도 쉽게 알 수 있다.

한데 밤이 아니라 대낮에도 상대의 시야를 혼란시킬 수 있다면?

그 활용도는 무궁무진하다 할 수 있을 정도인 것이다.

브리올렛이 커다란 두 눈을 반짝이며 물었다.

"지금 만들어낸 그 빛 말이에요!"

"네."

"무구, 그러니까 마령까지 감쌀 수 있겠어요?"

"어렵지 않을 거 같은데요."

대답과 동시에 스르릉 하는 소리가 들렸다. 벽에 거의 묻혀 있는 듯한 샤렌의 빛 범위 밖으로 오묘한 빛을 뿌리는 마령이 모습을 그려냈다.

곧이어 마령의 손잡이부터 그 모습이 흐려지기 시작하더니 순식간에 빛에 묻혀 사라졌다. 아직 어른거리는 느낌으로 구분은 되지만 저 정도만으로도 상대를 당황시키기엔 충분하다 싶었다.

"이건 정말이지……."

브리올렛이 떨리는 목소리를 이어갔다.

"…최고의 기술이 될 수도 있겠는데요!"

3

어떻게 하루도 쉬지 않고 약속이 있을 수 있냐는 브리올렛의 잔소리를 뒤로한 채 샤렌과 드리튼, 이시스는 메르타 가의 임시 숙소를 나섰다.

"암가의 가주를 만난다고?"

이시스가 울상을 지었다. 대륙 남부의 밤을 주관하는 사람 중 한 명을 보러 간다는 이야기다. 샤렌만큼이나 밤 문화(?)에 익숙한 이시스였다. 밤을 주관한다는 게 무슨 의미인지 잘 안다.

치안이 훌륭하다고 평가받는 레비크에서조차 법의 제약을 벗어나 밤을 주도하는 자들이 있다.

폭력을 업(業)으로 삼는 조직화된 무뢰배들.

통념적으로 상식과 법은 나란한 방향으로 나 있는 길이다. 그 길에서 벗어난 자들을 상대하기란 곤혹스러울 수밖에 없다. 상식적인 틀에서 벗어나 있다는 인식 때문이다.

더구나 틀에서 벗어난 행동이 폭력으로 이어질 때를 고려하면 밤을 주관하는 자들은 두려움의 대상일 수밖에 없다. 레비크의 무뢰배들조차 그러할진대, 암살을 주업으로 삼는다는 암가의 가주를 만난다고 하니 껄끄러울 수밖에 없는 것이다.

"그런 자리에 우리까지 갈 필요가 있을까?"

이시스가 슬그머니 발을 빼려 했다.

"만나보면 생각보다 나쁘지 않을 거야."

샤렌은 가볍게 이시스의 제안을 묵살했다.

그리고 샤렌의 말은 곧 사실로 드러났다.

비밀 통로를 통해 샤토의 향기 특실로 들어서자마자 오만상을 다 찌푸렸던 이시스의 얼굴이 환해진 것이다. 검화암향가의 가주가 여자임을 확인했기 때문이다.

비단 여자이기 때문만은 아니었다. 풍성한 옷 바깥으로 익히 짐작이 가는 풍만한 몸매와 눈 아래는 면사로 가렸지만 드러난 얼굴만으로 미인임을 충분히 가늠할 수 있는 티아라였기 때문이다.

"진작 말하지 그랬어."

자리에 앉으며 이시스가 실실 웃으며 속삭였다.

"개인적으로 존야를 모실 기회를 주신 데 대해 영광으로 생각하고 있습니다."

자리에서 일어서 샤렌을 맞으며 티아라가 말했다. 양손을 합장하듯 모아 손끝을 이마에 가져다 대는 인사법과 함께였다.

인사를 건넬 때 보이는, 초승달 모양으로 휘어지는 티아라의 눈웃음은 더없이 고혹적이었다. 얼굴을 가린 면사가 그녀의 매력에 플러스 요인이 되고 있었다. 어딘지 모를 신비감을 조성하기 때문이리라.

티아라는 가볍게 샤렌이 고개를 끄덕이는 것을 확인한 후에야 자리에 앉았다.

"존야께 술을 한잔 올려도 되겠습니까?"

샤렌은 술잔을 들었다.

티아라는 술병을 들고 두 손으로 공손히 술을 따랐다. 손짓 하나, 팔 움직임 한 번에도 묘하게 남자의 원초적 본능을 자극하는 분위기가 물씬 풍겨 나왔다. 어조 자체는 딱딱했지만 끈적하고 부드러운 목소리로 인해 형식적이라는 느낌은 전혀 들지 않았다.

그런 티아라를 바라보는 이시스의 눈이 풀렸다. 수도 없이 가본 술집의 그 어떤 접대부라 해도 티아라만큼 자극적인 동작을 취할 수는 없을 것이란 생각이 들 정도였다.

겉보기에는 무뚝뚝한 편인 드리튼마저 얼굴에 홍조가 피어올랐다. 그만큼 티아라의 작은 움직임들이 자극적이었던 것이다.

"어떤 하명이 있으셔서 이 미천한 것을 불러주셨습니까?"

샤렌이 술을 한 모금 들이켜는 것을 본 후에 티아라가 물었다.

"뭐 좀 부탁할 게 있어서……."

"부탁이라뇨?"

티아라는 특유의 눈웃음을 흘려 보이며 말했다.

"저희 검화암향가는 이미 존야께 귀속되어 있습니다. 하명만 하시면 무엇이든 따르겠습니다."

"무엇이든?"

샤렌의 말에 티아라의 커다란 눈에 미세한 흔들림이 엿보였다. 보통의 사람이라면 눈치채기 힘든, 하지만 샤렌에게는 너무나 선명히 보이는 눈의 움직임이었다.

"…당연히 무엇이든 따를 것입니다."

"후후훗."

샤렌은 가볍게 미소를 흘렸다.

티아라의 눈이 다시 한 번 흔들린다. 샤렌의 미소에 담긴 의미를 읽어내지 못해서다.

샤렌은 티아라에게서 시선을 떼었다.

그리고는 술잔을 비우고, 다시 술잔을 채웠다. 부탁할 게 있다고 말해놓고 분위기만 살핀 후 본론을 꺼내 들지 않는 것이다.

티아라는 그런 샤렌을 감히 재촉할 생각을 하지 못했다. 아니, 아예 조급해하는 티조차 내지 않았다. 마치 샤렌이 의도한 바가 선명해 충분히 받아주겠다는 느낌까지 들 정도였다. 아젠투어에 대한 충심이 부족한 것은 아니나, 각성 이전인만큼 인간의 행동으로써 샤렌의 의도를 이해하려는 것이다.

잠시간 침묵이 흐른 후, 티아라가 공백을 메울 말을 꺼내 들었다.

"인사가 늦었습니다. 저는 존야의 종복인 티아라 하이스트라 합니다."

드리튼과 이시스를 향해 자신을 소개한 것이다.

"아! 저는 샤렌의 친구인 이시스 달튼입니다."

"드리튼 데이튼입니다."

이시스와 드리튼이 순차적으로 자신을 소개했다.

"아! 존야의 친구분들이시군요. 만나 뵙게 되어 영광입니다."

"하핫! 저희가 영광이지요."

상대가 대륙 남부의 밤을 지해하는 일인임을 망각한 듯 이시스가 속내를 반영하는 듯한 미소를 한껏 드러내며 말했다.

이시스와 비교할 수도 없는 만큼의 절제력을 가진 드리튼조차 면사 위로 드러난 티아라의 눈에서 시선을 떼지 못했다. 그만큼 티아라에게는 남자를 끌어당기는 힘이 있다고 봐야 했다.

"호호, 그렇게 말해주시니 감사합니다. 프레이안 상회와 데이슨 운송은 저희와도 많은 인연이 있지요. 그래서 그런지 두 분이 낯설지가 않은 느낌이네요."

"에……?"

프레이안 상회와 데이슨 운송은 남부 대륙과 상당량의 무역을 해왔다. 그러자면 암가에도 줄을 대지 않을 수 없었을 것이다.

하지만 이시스가 감탄사를 흘린 건 자신의 가문이 주도하는 상회가 검화암향가에 줄을 댔기 때문이 아니었다. 자신과 드리튼의 이름만 듣고 정확히 두 가문에 대한 이야기를 꺼내들었다는 사실에 놀란 것이다.

케신 철강이야 대륙 전역에 손을 뻗치지 않은 곳이 없으니 크라슈라는 성만으로 샤렌의 신분을 짐작하는 것은 어려운 일이 아니다.

하지만 프레이안 상회와 데이슨 운송은 레비크에 한정된 유명세를 타고 있을 뿐이었다. 제아무리 거래가 있었다지만 성만 듣고 곧바로 신분을 알아내기란 쉬운 일이 아닌 것이다.

이시스가 의아하해는 표정을 보고는 티아라가 눈으로 초승달을 그려냈다.

“종복의 입장으로 존야와 관계된 많은 것을 알아야만 했습니다. 자연스레 두 분에 대한 이야기를 듣게 되었죠.”

티아라는 이시스가 궁금해하는 바를 미리 설명하고 나선 것이다.

“아, 그렇군요.”

“불쾌하셨다면 죄송합니다.”

말을 마치는 티아라의 눈이 샤렌 쪽으로 향했다. 노련한 한 수였다. 이시스와의 대화를 빌미로 실제적인 사과는 샤렌에게 전하는 것이었다.

“천만에요! 당연히 하셔야 할 일을 하신 거겠죠.”

이시스가 불쑥 답을 하고 나섰을 때, 드리튼은 간신히 말을 삼켰다. 사실 저도 모르게 이시스처럼 말을 꺼낼 뻔했던 것이다. 티아라의 어조와 작은 움직임이 엄청난 흡입력을 발휘하는 중이었다.

이에 조금만 생각해 보면 티아라의 저의에 대해 알 수 있음에도 절로 입이 벌어지려 했던 것이다.

반면 샤렌은 친구들과 사뭇 다른 반응이었다. 묵묵히 술을 마실 뿐, 티아라에게 눈길 한 번 주지 않고 있는 것이다.

티아라는 샤렌의 무뚝뚝한 반응에도 눈으로 그려낸 초승달 모양을 지우지 않았다. 시종일관 미소를 띠고 있는 것이다.

"여자의 몸으로 암가를 이끌다니, 정말 대단하시군요."

어색한 정적을 깬 건 이시스였다.

"호호홋!"

티아라는 우아하게 손을 들어 올려 입을 가렸다. 정확히 말하자면 입이 있을 위치를 손으로 가린 것이다. 면사 위로 가린 동작이었음에도 전혀 어색하지 않았다. 마치 평소의 단아함을 자연스레 표출하는 듯했던 것이다.

"저희 검화암향가는 타 암가와 달리 혈연관계가 매우 희미하답니다. 그래서 구성원의 중심이 되는 이는 전부 여자랍니다."

"오호!"

여자들로 이뤄진 세력이라는 말에 이시스는 두 눈을 빛냈다. 눈만 내보여도 저렇듯 아름다운 여자가 이끌고 있으니 수하들의 미태에도 절로 기대가 되는 것이다.

"주관하시는 업무가 험하고 거친 것이라 짐작되는데 여성분들만으로 감당하시다니 대단하군요."

드리튼은 진심으로 감탄하며 말했다. 샤렌에게 듣기로 검화암향가는 12개 가문 중 암향사가란 이름으로 따로 구분이 된다고 했고, 그 암향사가는 64명가에도 손색이 없거나 그 이상의 위세를 가지고 있다고 했다. 남자를 의도적으로 배제한 채 그와 같은 성세를 이루기란 쉬운 일이 아닌 것이다.

티아라는 감미로울 정도의 부드러운 목소리로 대답했다.

"이쪽 일은 때때로 여자이기에 유리할 때도 많답니다. 드리튼님처럼 여자에게는 적합하지 않다고 생각하면 할수록 유리한 경우가 자주 발생하는 거지요."

"아무리 그렇다고 해도 대단하신 거죠!"

이시스가 칭찬할 기회를 놓치지 않았다.

"미력하지만 존야께 조금이나마 쓰임이 될 수 있도록 항상 노력해 왔을 뿐이지요."

티아라가 공손한 어조로 말했다. 그녀가 만들어내는 눈의 표정과 가벼운 손짓 등이 만들어내는 분위기는 실로 묘했다. 공손함을 넘어서 마치 그녀에게 무슨 부탁이든 해도 될 것 같은 느낌이 들었던 것이다.

그럼에도 샤렌은 티아라를 향해 눈길 한 번 주지 않았다.

이에 티아라의 눈 끝이 미미하게 흔들렸다. 분명 각성 이전의 아젠투어였다.

게다가 자신에 비해 근 10여 년은 어린 젊은 나이인 아젠투어다.

그러니 친구라는 두 청년이 그렇듯 자신의 동작과 표정, 그리고 어조에 반응을 해야만 했다. 티아라의 일거수일투족에는 남자의 마음을 자극하는 검화암향가만의 비기가 담겨 있기 때문이다.

검화암향가에는 두 가지 자랑이 있다.

검술과 춤이 바로 그것이다. 부드러움 속에 강함을 담은 검술과 보는 이의 넋을 빼놓는다고 알려진 춤이야말로 수천 년 동안 검화암향가를 지탱해 온 근간이었던 것이다.

검화암향가의 춤은 한마디로 집약되곤 한다.

화소염무(華笑艶舞).

화려한 미소와 함께하는 지상에서 가장 뇌쇄적인 춤.

그 춤을 보고도 바지춤을 풀지 않으면 남자가 아니라고 했던가?

검화암향가의 춤이 기본적으로 남자들의 본능을 자극하는 데에 초점이 맞춰져 있었기 때문이다.

그리고 검화암향가의 가주들은 화소염무의 핵심에 대해 달통해 있다. 따로 춤을 추지 않아도 모든 행동에 남자를 자극하는 요소를 담아낼 수 있는 것이다. 아니, 모든 행동에 자연스레 그 요소들이 담기도록 길러졌다.

한데도 샤렌은 눈곱만큼의 반응도 보이지 않았다. 처음에는 신이 될 자의 체면을 유지하기 위해 안간힘을 쓴다고 생각했다. 부탁할 것이 있다면서 본론을 꺼내 들지 않고 자신을 안달 내게 하려는 다소 유치한 목적을 위해서 참는 것일 수도 있었다.

하지만 그 정도만으로 버티는 데는 한계가 있기 마련이다. 아주 어릴 때부터 자신이 발산하는 매혹의 기술은 돌아앉은 신조차 바로 앉게 한다고 칭송을 받아왔다. 아직은 인간에 불과한, 이제 갓 스물을 넘긴 청년이 버틸 만한 게 아닌 것이다.

'역시 인간의 기준으로 가늠할 수 없다는 건가?

사실 샤렌이 아젠투어의 환생자라는 사실에 눈곱만큼의 의심도 없는 티아라였다. 지금의 사고도 샤렌의 역량을 시험해 보기 위해서라기보다는 수천 년을 기다려 온 존재란 과연 어떨지에 대한 궁금함과 기대감이 우선이었다.

'하긴, 묵혼마저 꿰뚫어 본다고 했으니…….'

인간이 세운 기준에 재단되어진다면 이미 신이 아니리라.

티아라가 그렇게 각성 이전의 아젠투어에 대한 호기심 해소에 체념하고 난 직후 샤렌이 입을 열었다.

"사실 내게는 궁금한 게 참 많소."

"하문(下問)하십시오, 존야."

참 공교로운 타이밍이라 생각하면서도 티아라는 공손함을 잃지 않았다.

"신앙심이 가진 힘이 얼마나 큰지에 대해 짧은 시간을 살아오면서도 꽤 많이 느낄 수 있었소."

"말씀 중에 죄송합니다만, 제게 하대를 해주십시오, 존야. 감당하기가 힘듭니다."

샤렌은 쉽사리 고개를 끄덕였다. 키하루가 그랬듯 이 문제에 대해 그녀가 자신의 뜻을 굽히지 않을 거라 생각한 것이다.

"하지만 교리에서 언급된 바에 자신의 인생을 송두리째 바칠 정도의 신앙이 균등하게 다수의 사람들에게 있을 수 있다는 사실은 쉽게 와 닿지 않는군."

"저희 암향의 종복 중에 신앙이 부족한 자가 있다는 말씀이십니까?"

암향의 종복이란 12암가의 구성원을 낮춰 부르는 말이었다.

"그걸 알고 싶다는 이야기야."

"……!"

"아무래도 갑작스레 나타난 나보다는 오랜 시간 동안 그들과 함께해 온 당신이 알아내기가 쉽지 않을까?"

티아라는 잠시 시간을 두었다가 물었다.

"지금 이 말씀이 아까 전에 제게 하명하시겠다던 그 일인 겁니까?"

샤렌은 고개를 끄덕였다.

"송구스러운 말씀이오나 제 신앙심을 믿고 계시다는 건지요?"

티아라의 눈에 담겨 있던 관능적 분위기가 옅어졌다. 고개를 약간 숙인 채 감히 샤렌과 시선을 맞추지 못하고는 있지만 맑게 빛나는 두 눈에는 강단과 총기가 가득했다.

"그건… 결과를 보면 알겠지."

샤렌은 담담하게 대답했다.

이에 티아라는 잠시간의 시간도 두지 않고 말했다.

"최선을 다해 존야의 명을 받들겠습니다."

"각 가문의 가주들이 어떻게 날 받아들이고 있는지 정도만 알면 돼. 얼마나 걸릴 것 같지?"

"갑작스레 제가 나서면 저들이 의심할 수도 있습니다."

"흐음……?"

샤렌은 콧소리와 함께 고개를 갸웃거렸다.

"그들이 앞으로 무엇을 어떻게 할지를 알아내라는 게 아니라 나란 사람이 나타났을 때의 반응 정도를 체크하는 데 꼭 당신이 나서야 할 필요는 없잖아?"

말을 마치고 빙긋 웃는 샤렌의 시선에 묘한 의미가 엿보였다. 마치 나는 모든 것을 다 알고 있다는 듯한 눈빛이었던 것이다.

Chapter 9

1

티아라의 고혹적인 눈이 유래없이 흔들렸다.

심한 갈등.

샤렌은 그것을 느낄 수 있었다. 그는 티아라의 고민을 즐기지 않았다.

"지난번 투잔의 안식처에서 모였을 때 재밌는 광경이 보이더군."

"……."

티아라는 침묵을 유지한 채였다.

하지만 샤렌의 말을 한마디도 놓치지 않겠다는 듯 집중하고 있음이 느껴졌다.

재밌다는 샤렌의 말 때문인지 이시스와 드리튼은 진행되는 이야기에 귀를 기울였다.

"각 가문의 가주들이 데려온 시녀들이 아주 흥미롭더군."

"시녀들?"

샤렌은 물어온 이시스에게 고개를 돌렸다.

"응. 12암가의 가주들은 공교롭게도 아주 뛰어난 미모를 지닌 시녀들을 데려왔던데."

이시스가 어처구니없다는 표정을 지었다. 샤렌이 대륙 남부의 밤을 지배하는 절대자들이 모인 자리에서조차 여자 시종들에게 관심을 보였다는 사실에 기가 막혀 하는 것이다.

게다가 대륙 남부에 역사상 두 번째 규모랄 수 있을 정도의 사기를 치고 있던 자리가 아닌가?

'지독한 놈!'

정말이지, 여자에 대한 집착과 의욕에 있어서 자신은 샤렌의 발끝에도 따라갈 수 없다는 엉뚱한 결론을 내리는 이시스였다.

반면, 드티튼은 다른 의미에서 의혹의 표정을 떠올렸다. 12암가에 대해 보다 명확하게 파악하기 위해 이 자리를 만든 샤렌일 터였다. 가주가 여자이기에, 그것도 대단한 미모를 가진 여자이기에 평소의 재주(?)를 발휘하려는 줄 알았다.

한데 엉뚱한 이야기를 꺼내 들고 나서니 샤렌의 저의를 짐작키가 힘들었던 것이다. 계속해 서두에 이어지지 않는 발언이 따르는 방식도 평소의 샤렌과는 사뭇 다른 모습이었다.

"…그리고 그들 전원이 당신에게 친밀감을 표현하더군."

"……!"

경직.

티아라는 자신이 무엇을 실수하고 있는지 금세 깨달았다. 의혹을 제기하거나 반론을 꺼내 들 때가 아니었다.

그녀는 황망히 머리를 조아렸다.

"존야의 신안(神眼)을 의심하려는 것이 아니었습니다. 보다 정확한 조사를 위해서 제가 직접 움직이려는 것뿐……."

"응. 그렇게 생각하고 있어."

샤렌은 순순히 티아라의 말을 받아들였다.

"내게 모든 것을 바친다는 게 모든 것을 일일이 고해야 한다는 것은 아니니까."

"그렇지 않습니다. 이 경우는……."

샤렌과의 대화는 각 암가에 파견되어 있는 첩자를 드러내지 않은 채 진행되었다. 그 사실을 샤렌이 짚고 나섰으니 자칫 아젠투어를 기만하려는 의도로 여겨질 수 있다. 티아라가 당황해 마지않는 건 그 때문이었다.

"그렇지 않지 않아. 과정을 밝히지 않더라도 어차피 그들을 통해 보다 정확한 정보를 제공하려 했던 거잖아. 그렇지?"

은근한 샤렌의 목소리였다.

"그, 그렇습니다."

티아라는 검화암향가의 가주가 된 이후 처음으로 누군가의 앞에서 말을 더듬었다.

"어차피 내가 알고 싶은 게 이런 거야. 키하루를 통해 당신들이 내게 건넨 보고 외에 내 흥미를 끌 만한 사실이 또 뭐가 있는지 알고 싶단 말이지."

"……."

졸지에 지은 죄가 생겨 버린 티아라는 아무런 대꾸도 하지 못했다.

'이건……?'

지난번 샤렌이 암가에 대해 파악할 방법이 있다고 말했을 때, 드리튼은 당연히 여자를 떠올렸다. 물론 결과적으로는 여자와 관련이 있긴 하다.

하지만 예상했던 바와 미묘하게 달랐다. 독특한 화술로 대화를 이끌어가고 있긴 하지만 평소 봐온 샤렌의 태도가 아니었다. 굳이 드리튼이 표현하자면 검화의 가주를 유혹해 원하는 것을 얻어낸다기보다는 지배하고 있다는 느낌이었다.

딱히 아젠투어로서의 권위를 내세운 것은 아니었다. 언성을 높이거나 강압적 표현을 한 적도 없다.

그럼에도 전반적인 분위기는 압도적으로 샤렌의 주도하에 있었다.

드리튼에게는 색다른 느낌이었다. 지금까지, 적어도 자신이 알고 있던 샤렌은 상대방이 의식하지 못하게 하면서 자연스레 자신이 원하는 바를 이뤄냈다.

반면 지금의 분위기는 다르다. 자신이 느끼기에 압도적이라 생각될 만큼 노골적인 분위기에서 자신의 의도를 표출한 것이다.

그 근간에는 레비크에서 자신이 안타까워했던 샤렌의 능력이 있었다. 발군이랄 수밖에 없던 통찰력이 바로 그것이다. 오직 미인에게만 발휘되던, 그 제한적 능력을 샤렌이 자유자재로 사용하고 있는 것이다.

'이러다 정말……?'

과거와 달리 샤렌은 이미 특별해졌다.

하지만 그를 통해 알게 된 절망적인 상황 속에서 그가 할 수 있는 일은 많아 보이지 않았다. 아무리 순정의 하온에 저장되었던 막대한 하온을 흡수했어도, 저 이오나 네이나 테오타신과 같은 거물과 친분을 맺었어도, 대륙 남부의 밤을 지배한다는 12암가를 수중에 넣었다 해도 마찬가지였다. 과장이 있을 리 없는 샤렌의 말에 의하면, 서천의 이종족이 가진 힘은 인류에게 있어 순수한 재앙일 수밖에 없었으니까.

그러나 지금 이 순간, 드리튼은 조금이나마 다른 생각을 머릿속에 떠올렸다. 샤렌이 인류에게 있어서 특별한 무엇을 할 수 있을지도 모른다는 막연한 기대감이 든 것이다. 지금 당장은 불가능할지라도 말이다.

"그럼 닷새 후에 보도록 하지."

샤렌의 짧은 말. 이는 곧 5일 내로 보고할 준비를 하라는 뜻이었다.

"존명!"

이번에는 잠시의 망설임도 없는 티아라였다.

그때였다. 특실의 문에서 노크 소리가 들렸다.

"존야, 키하루입니다."

"들어와."

샤렌은 티아라에게서 시선을 거뒀다.

곧이어 문이 열리고 키하루가 들어섰다.

"존야께서 아셔야 할 일이 생긴 것 같아 무례를 범했습니다."

한결같은 공손한 태도를 유지하는 키하루였다.

샤렌은 묵묵히 키하루의 다음 말을 기다렸다.

"조금 전 트라시아의 황제가 엔살룸에 당도했습니다."

"……!"

트라시아 제국의 황제가 도착했다는 말에 특실의 모두는 각각의 감상에 사로잡혔다.

처음 침묵을 깬 것은 티아라였다.

"앞으로 7, 8일은 더 있어야 도착한다고 들었는데……?"

면사 위로 드러난 티아라의 눈에는 불신과 의혹이 가득했다. 각 암가의 정보력은 대륙제일을 자랑한다. 트라시아 황제의 엔살룸 도착은 12암가가 정보를 공유해 가며 도착일을 예측했다. 그러니 많이 차이가 나봐야 반나절 정도의 차이만 가능할 뿐, 7일이나 되는 오차가 있다는 건 납득키 힘들었던 것이다.

"주 행렬은 뒤에 두고 200여 기사와 특무대만을 이끌고 황제가 먼저 도착했습니다."

키하루의 설명에도 티아라의 굳은 표정은 다르지 않았다. 설령 트라시아의 황제가 주 행렬을 뒤에 두고 이동을 했다 해도 문제는 심각했다. 그들이 암가의 정보망을 벗어나서 이동을 했다는 뜻이기 때문이다. 200여 명의 움직임을 놓친다는 것은 티아라의 상식에서는 있을 수 없는 일이었다.

"…그리고 황제가 센티노 가(街)를 가로지르는 퍼레이드를 하고 있습니다."

"……!"

센티노 가는 엔살룸의 중앙을 가로지르는 대로다. 길이 커서이기 때문이 아니라 북부 연합군과 남부혈맹의 거점지를 가르는 기준이 되기에 의미가 있는 곳이다. 중립 지역이라 불리는 곳에서 엔살룸 입성을 기념하는 퍼레이드를 하고 있다는 뜻이었다.

"고작 200의 숫자로 퍼레이드를 한다고? 웃기는군."

티아라가 코웃음을 쳤다. 명색이 북부 대륙 최강의 위세를 자랑한다는 트라시아의 황제에게 200의 수행이 따르는 행렬이란 초라하다 말할 수밖에 없었던 것이다.

센티노 가의 도로 폭을 생각하면 더욱 그렇다. 200여 명 정도로는 존재감조차 드러내기 어려운 큰 길인 것이다.

게다가 남부 대륙인이 혼재해 있는 센티노 가다. 조롱과 야유의 소재가 되기 십상일 수밖에 없었다.

티아라의 반응에도 키하루의 무거운 표정은 지속되었다.

"예상할 수 있는 것과는 분위기가 사뭇 다릅니다."

키하루의 말에 입을 연 샤렌이 물었다.

"트라시아 군에서 황제의 영접을 나선 건가?"

"네, 그것도 그거지만… 영접 인원은 기다리고만 있습니다. 퍼레이드 자체는 분명 200여 명의 소수만이 행하고 있는데, 그 숫자로 센티노 가를 장악했다고밖에는 볼 수 없는 상황입니다."

"그들이 무력을 행사했나?"

티아라가 미간을 찌푸리며 물었다. 적이 될 게 자명한 북부 연합 측 황제에게 남부인이 존경과 충성을 표할 리가 없다. 황제 측에서 보자면 무례하기 짝이 없는 상황. 바라카를 운용할 줄 아는 기사와 특무대가 시가지 진입과 더불어 분위기를 잡기 위해 무력을 행사했을 수도 있는 것이다.

티아라가 미간을 좁힌 것은 황제의 무력행사 자체에 있지 않았다. 저들의 만행을 보고 왜 64명가에서 가만히 있었는지에 대한 불만의 표출인 것이다.

키하루는 고개를 저었다.

"황제 측에서는 일체의 폭력도 사용하지 않았습니다. 그들은 그저……."

잠시 시간을 둔 후 키하루가 말을 이었다.

"걷고 있을 뿐입니다."

"……."

"……."

티아라의 미간에 잡힌 골 깊은 주름이 좀처럼 펴지질 않았다. 키하루의 설명만으로는 이해가 잘 되지 않았던 것이다.

샤렌이 침묵을 깼다.

"어떤 분위기인 건지 말로만 들어서는 잘 모르겠군."

암가 측에서 보자면 샤렌의 최측근에 있는 것은 키하루였다. 아젠투어의 보필이라는 중책을 맡은 이답게 그는 샤렌의 말을 빠르게 이해했다.

"호위를 준비시킬까요?"

직접 나가서 황제의 행렬을 보겠다는 샤렌의 의도를 읽은 것이다.

샤렌은 고개를 끄덕였다.

"눈에 띄고 싶지는 않아."

"존명!"

2

도로에 나선 샤렌 일행은 갑자기 귀에 벌집을 들여다 놓은 느낌이었다. 수많은 소리는 거대한 소음을 만들고, 갖가지 소리가 혼합의 굉음에 가까웠으며, 표음의 한계를 벗어나 그저 고막을 울리고만 있었다.

샤렌을 수행하는 영자들은 은근슬쩍 사람들을 밀어내 황제의 퍼레이드가 이뤄지고 있는 도로 바로 옆으로 길을 만들었다.

샤렌 등은 사람들에게 치이지 않고 길가로 다가설 수 있었다.

확연히 구분되는, 아니, 상반된 두 가지 정황이 샤렌 일행의 눈에 들어왔다. 폭이 넓은 길 건너편의 사람들이 격하기 이를 데가 없다. 커다랗게 입을 벌리고, 두 눈을 크게 뜬 그들은 양손을 높이 들고 환호하는 중이었다. 무엇인가를 외쳐 대는 사람들도 있었고, 눈물을 쏟아내는 사람도 보였다. 시뻘겋게 달아오른 그들의 태도는 정상에서 살짝 벗어나 있었다. 뜨겁게 달궈진 열기가 도를 넘어섰던 것이다.

반면, 샤렌 일행이 속해 있는 쪽의 도로는 전반적으로 위축된 느낌이 선명했다. 저마다 입을 벌려 무엇인가를 말하고는 있지만 얼굴에 드리워진 그림자의 농도가 짙었다. 대부분의 사람들이 황제의 행렬을 정면으로 보지 못하고 있다. 마치 무엇인가 죄를 지은 사람마냥 시선을 피하는 것이다.

이 극단적인 분위기의 중심은 황제의 행렬.

퍼레이드라면 으레 따라야 할 의장도, 군악대도 보이지 않았다.

넓은 도로에 비해 상대적으로 초라해 보일 정도인 4열 종대의 행군.

먼지 한 톨 묻지 않은 번쩍이는 갑주를 두른 기사들이 150여, 그리고 검은색 복장에 복장과 동색(同色)의 마스크를 쓴 특무대원 50여 명이 한 치의 흐트러짐 없는 동작으로 행군을 하고 있을 뿐이었다.

그 초라한 행렬만을 보자면 이시스가 당장이라도 입을 벌려 '에이, 이게 뭐야?' 라는 말을 하고도 남을 터였다.

하지만 이시스는 멍한 표정으로 자신들 쪽으로 다가오고 있는 행렬을 바라볼 뿐이었다. 저도 모르게 주먹을 말아 쥐고, 턱이 늘어져 입을 벌어진 것도 의식하지 못한 채로…….

황제의 행렬이 가까워지는 중이었다.

척, 척.

군중이 만들어내는 소음에 의해 행렬의 발자국 소리가 들릴 리 없건만, 기계처럼 정확하고 절도있는 동작이 만들어내는 행군으로 인해 사람들의 귀에는 일정한 소리가 환청처럼 들렸다. 그것은 어떤 북소리보다 웅장하고 강렬한 진군의 반주였기에 보고 듣는 이의 심정을 들뜨게 할 수밖에 없었다.

척, 척, 척.

황제의 행렬은 샤렌의 지척에 이르렀다.

기사들의 위맹한 표정과 그들의 시선, 그리고 어깨를 감싼 견갑의 문양이 선명히 보일 정도.

그들은 딱히 바라카를 운용해 홀렉시움을 만들어내지도 않았건만 센티노 가를 압도하는 위암감이 넘쳐흘렀다.

이는 150여 기사 전원의 견갑에 검 세 개를 쥐고 있는 세 머리 독수리가 아로 새겨진 것과 무관하지 않으리라. 숫자는 적지만 이 인원만으로도 어지간한 왕국은 일거에 몰락시키고도 남을 병력인 것이다.

샤렌의 화안 역시 행렬에 홀린 사람처럼 고정되어 있었다.

일행과 다른 점이 있다면 그는 행렬 전체가 아닌 행렬의 중심에 시선을 두고 있다는 것.

그의 시선이 머무는 곳에는 기계와 같이 일치하고 있는 동작에서 벗어난 이가 있었다.

그 넓은 도로를 가득 메운 사람들의 시선 따위는 아랑곳하지 않고 마치 산책이라도 나온 듯 여유로운 걸음을 옮기는 자.

흰머리와 골 깊은 주름이 그가 뒤로한 세월의 깊이를 알려주고 있건만, 홍조가 감도는 피부와 갑주의 무게 따위를 개의치 않는 가벼운 걸음걸이가 혈기왕성한 젊은이의 그것을 자연스럽게 연상시키고 있었다. 그의 갑주에는 번쩍이는 황금과 휘황찬란한 빛을 발하는 보석들이 가득했지만, 어쩐지 그를 치장하기에는 부족해 보이는 느낌이었다.

샤렌은 그 이유가 세상을 오시하는 듯한, 그러면서도 태양과도 같은 강렬함을 내포하고 있는 노인의 눈 때문이라 생각했다. 누구든 저 시선을 접한다면 절로 허리를 숙여 공경을 표할 수밖에 없으리라.

그리고 어느 한순간,

샤렌의 그와 같은 생각을 읽기라도 한 것처럼 느릿하게 움직이던 노인의 시선이 샤렌에게로 옮겨왔다.

쿵.

샤렌은 마치 그와 같은 소리를 귀에서 들은 듯했다. 이는 한 번으로 그치지 않았다. 맥동(脈動)의 소리가 천지를 가득 메웠다.

쿵, 쿵, 쿵……!

끊임없이 이어지는 환청 속에 시간의 흐름이 확하고 늘어난다. 찰나의 순간, 스쳐 지나갔을 노인과 정면으로 마주한 그 시간이 샤렌에게는 더없이 길게만 느껴졌던 것이다.

아니, 막연히 느껴만 지는 게 아니다. 단 한순간의 장면이 샤렌의 망막에, 그리고 뇌리에 깊숙이 아로새겨졌다. 이후에 들어오는 모든 장면을 배제하고 각인된 그 순간만이 인지되고 있는 것이다.

변화하고 있는 것은 맥동의 소리뿐이다.

툭.

마치 세상이 멈춰 버린 듯한 느낌이 사라진 것은 어깨에 올려 있는 두툼한 손 때문이다.

"…아?"

샤렌은 드리튼이 자신의 어깨에 손을 얹은 것을 깨닫고 나서야 영겁과 같은 상념에서 벗어날 수 있었다.

"괜찮은 거야?"

행렬이 지나친 후에도 허공을 바라보며 멈춰 서 있는 샤렌이었다. 드리튼이 걱정스러운 표정을 지은 것은 그 때문이다.

"응."

대답을 한 샤렌은 자신을 손을 내려다봤다. 펼쳐진 왼손바닥에는 초승달 모양의 불긋한 흔적 몇 개가 선명히 남아 있었다. 손톱자국이다.

분명 같은 눈높이에 있었음에도 세상 전체를 내려다보는 듯했던 노인.

바로 트라시아의 황제를 마주하는 동안 생긴 것이다. 저도 모르게 주먹을 강하게 말아 쥐어 손바닥에 손톱자국이 생기고 말았다. 오른손바닥은 멀쩡했다. 하온이 절로 상처를 치유하듯 손톱자국마저 없애버린 모양이었다.

흔적이 남은 손바닥은 축축했다. 의식하지 못한 채 땀을 제법 흘린 것이다.

"뭘 그렇게 생각하고 있었던 거야?"

드리튼이 묻자 샤렌은 잠시 생각을 정리하다가 고개를 가로저었다. 표현력이 뛰어난 샤렌이었으나, 자신이 느꼈던 무엇을 형언키가 쉽지 않았던 것이다.

“그냥 가슴이 뛰었다고밖에 말을 못하겠어.”

“가슴이… 뛰었다고?”

“응. 황제의 시선이 나와 마주쳤다고 생각하는 순간, 주체할 수 없는 격정 같은 게 치솟으면서 심장이 가슴을 벗어날 듯 뛰더군.”

“난 그 노친네 눈매가 무섭기만 하던데. 심장이 뛴다기보다는 간이 오그라드는 느낌이랄까? 지은 죄도 없는데 말이야.”

이시스가 혀를 내두르며 말했다.

드리튼은 ‘무섭다’고 말한 이시스의 생각에 동의했다. 황제라는 직위에서 보여줄 수 있는 권위와 위엄이 있다면 트라시아의 황제는 그 전형을 보여준 셈이었다. 두려움과 경외감에 고개를 들 수 없게끔 하는 눈빛이었고, 표정이었으며, 태도였다.

“나 역시 두려워서 가슴이 뛰었을 수도 있겠지만… 조금 다른 거 같아. 굳이 표현을 하자면, 어쩐지 흥분이 되는 것 같은 느낌이었으니까.”

샤렌의 말에 침묵하던 티아라의 목소리가 들려왔다.

“아젠투어의 피가 끓는 것입니다.”

“……?”

샤렌은 표정으로 티아라에게 질문을 던졌다.

"트라시아의 황제는 인간 세상에서의 정점에 가장 근접한 자입니다. 다시 말씀을 드리자면, 인간 중에서 존야와 가장 가까운 위치에 올라선 것이지요. 감히 비교할 수 없는 위치라 할지라도 말입니다."

티아라의 설명이 이어지는 동안 샤렌 일행은 이동을 시작했다. 샤토의 향기 방향이었다. 아직도 뜨거운 열기에 휩싸인 센티노 가에서의 대화가 쉽지 않았던 것이다.

"남부인들조차 압도한 트라시아 황제가 가지는 존엄이란 당연히 존야께서 누려야 할 것! 하찮은 인간 따위의 오만한 행렬이 존야의 피에 잠재되어 있는 아젠투어의 본성을 자극한 것이지요. 아마도 머지않아 자각의 시기가 다가올지도 모르겠습니다."

티아라의 목소리가 조금 전에 비해 밝아졌다. 검화암향가를 이끄는 그녀조차 트라시아 황제의 위엄에 압도당했던 것이다.

3

"황제란 게 이런 건가?"

샤토의 향기에서 메르타 가로 돌아가는 길에 이시스가 멍한 표정으로 말했다. 황제의 행렬을 본 후 계속되는 현상이었다. 그전까지만 해도 티아라에게서 시선을 떼지 못하던 그였

건만 황제의 퍼레이드를 본 이후로는 그녀의 매혹적인 자태에도 시큰둥한 표정이었다.

"하긴 트라시아의 황민을 자처하면서 실제로 황제를 본 건 이번이 처음이니까."

이시스의 자문자답(自問自答)이었다.

"그것만으로는 좀 부족하지 않아? 황제의 행렬에 이성적, 감성적으로 자극을 받은 건 트라시아의 황민뿐만이 아니잖아."

"흠, 듣고 보니 그것도 그러네."

드리튼의 말에 이시스는 고개를 끄덕인 다음 말을 이었다.

"뭐가 되었든 황제가 정말 대단하긴 한 거 같아. 남, 북부인 전체를 흥분시킨 거잖아. 고작 거리 한 번 지나간 것 가지고 말이야."

"고작… 이라 말할 수는 없지. 아까 못 봤어? 황제의 앞뒤로 선 기사들 견갑?"

"견갑?"

"세 머리 독수리가 움켜쥔 검이 모두 세 자루였다고!"

"그, 그래?"

이시스는 드리튼의 말을 듣고 두 눈을 휘둥그레 떴다.

"뭔가 막강한 분위기에 휘말려 버려서 미처 거기까지는 살피지 못했는데……."

이시스는 새삼 침을 꿀꺽 삼켰다. 세 자루 검을 아로새긴

기사라면 이시스의 입장에서는 정말로 인간이 아닌 자들이다.

몸에서 빛을 내고 검이 닿지도 하는 거리에서 물건을 베는 존재들이 아닌가?

"한 나라를 순식간에 멸망시킬 정도의 인원이 코앞으로 지나가고 있으니 누구든 냉정을 유지하긴 쉽지 않았을 거야."

드리튼이 이시스를 이해한다는 듯 말했다.

그때, 샤렌이 끼어들었다.

"네 말이 맞지만……."

"……?"

"냉정을 유지하지 못하는 것과 열광이라고밖에 표현할 수 없을 지지를 보내고, 일방적으로 위축되어 자괴감에 휘말리게끔 하는 것도 쉽지 않지."

북부인들과 남부인들의 반응을 구분지어 말하는 것이었다.

"하지만 결과는 그랬잖아?"

"응. 의도할 만한 결과였고, 충분한 효과를 봤다고 생각해."

"의도?"

샤렌의 말에 이시스는 고개를 갸웃거렸다.

드리튼이 끼어들었다.

"만든 거라고 생각하는 거야? 그 분위기를?"

고개를 끄덕이는 샤렌.

"아무리 큰 나무라도 밑동이 도끼질에 뾰족하게 깎여 있다면 손가락 하나로도 넘어뜨릴 수 있는 거니까."

샤렌의 부연에 드리튼의 두 눈이 반짝였다.

"선동이 있었다고 생각하는 거구나?"

"선동이라고? 황제가 미리 손을 썼단 말이야? 뭣 때문에?"

"아까 봤잖아. 전쟁을 코앞에 둔 이 시점에서 저 행렬 하나만으로도 남북 양측의 사기를 극명하게 갈라놨잖아. 100번이라도 행렬을 할 만한 이유가 되지."

샤렌이 설명을 하는 동안 드리튼은 앞선 말에 대해 정리했다.

"하긴 많은 인원도 필요없었겠네. 북부 측 사람 몇몇은 소리만 지르면 될 일이고, 남부 측 거리에서 행렬에 나선 기사들의 무위가 얼마나 대단한지 수군대기만 했어도 충분했을 테니까."

"원래 사람들이 많이 모이면 분위기에 휩싸이는 건 금방이잖아. 거 뭐냐, 주변에서 한 사람, 두 사람이 달리기 시작하면 영문도 모른 채 나머지 사람들도 달린다면서."

이시스도 이제 앞뒤 상황을 파악한 듯 보탄 아카데미 시절에 배웠던 이야기를 꺼내 들었다.

"적재적소에 그와 같은 현상을 이용할 수 있다는 것만으로도 대단한 일이지. 역대 최고라 추앙받는 황제답다고나 할까?"

드리튼은 낮은 음성으로 황제를 새삼스레 평가했다.

그리고는 샤렌에게 물었다.

"그걸 생각하고 있었던 거야?"

"응?"

"아까 전에 말이야. 뭔가 심각한 표정으로 넋을 잃고 있었잖아. 황제가 손쉽게 엔살룸의 분위기를 가져간 것에 대해 생각하고 있었던 거냐고?"

"아!"

뜬금없는 질문이었어도 평소의 샤렌이라면 기민하게 드리튼의 질문을 파악했을 것이다.

한데 부연을 듣고서야 질문의 내용을 파악하자, 드리튼은 뭔가 이상하다는 생각을 했다. 이렇게나 멍한 상태의 샤렌은 좀처럼 보기 힘들기 때문이었다.

"후훗! 아까 들었잖아. 파괴신 아젠투어의 피가 들끓어서 그런다고."

티아라의 말을 빌려 이시스가 농담을 던졌다.

하지만 드리튼도, 샤렌도 웃지 않았다.

'이것들이……?

자신의 농담에 무반응인 두 친구로 인해 이시스의 두 눈썹이 꿈틀거렸다. 민망함을 이기지 못해 두 친구를 원망하는 것이다.

"어느 정도……."

샤렌이 느릿하게 입을 열었다.

Chapter 10

1

"그녀의 말이 맞는 것도 같아."

"엥? 무슨 말을 하는 거야?"

샤렌의 말에 이시스가 발끈하듯 나섰다. 자신이 먼저 그 말을 꺼내들었다는 것을 잊은 듯한 태도였다.

"암가에서 대접을 받다 보니 정말로 네가 아젠투어의 환생이라도 된다고 생각하게 됐다는 소리야?"

"그럴 리가!"

샤렌은 피식 웃음을 터뜨렸다.

그리고는 시선을 위쪽으로 돌렸다.

이시스는 샤렌을 좇아 고개를 들어 올렸다. 보이는 것은 밤

하늘을 수놓은 무수한 별뿐, 별다른 것은 없었다.

"황제와 눈이 마주쳤어. 아니, 정확히는 모르겠어. 아까는 분명 그와 눈이 맞주쳤다고 생각했어."

"그런데?"

고개를 바로 한 이시스가 물었다.

"타오르는 듯한 황제의 눈을 보자 가슴이… 심장이 격하게 뛰더군."

"샤렌, 그건 황제와 눈을 마주해서 그런 게 아니지. 센티노 거리에 있던 모든 사람이 전부 흥분한 상태였다고."

이시스가 뭔가 착각한 게 아니냐는 표정을 지었다.

"흥분이 아니라고 말할 수는 없겠지만, 뭔가 조금 달랐어."

"달랐다고?"

"눈이 마주쳤다고 생각하는 순간, 손으로 가슴을 움켜쥐고 싶을 정도였다니까. 안 그러면 심장이 가슴 밖으로 튀어 나올 것만 같았거든."

"흠, 아무리 아까 황제와 그 수행원의 기세가 등등했다고는 하지만, 천하의 샤렌이 눈 한 번 마주쳤다고 긴장을 하거나 겁을 먹었을 리는 없는데?"

이시스가 납득할 수 없다는 듯 말했다. 수차례에 걸쳐 세상을 발칵 뒤집어엎을 일을 저지르고도 태연한 샤렌이었다. 그런 그가 고작 눈이 마주쳤다고 해서 과장된 반응을 보일 리는 없었던 것이다.

"그런데… 전에도 이런 비슷한 경험이 있어."

"전에도?"

"그게 언젠데?"

평소의 샤렌과 다른 모습에 드리튼도 잔뜩 흥미를 느끼는 듯 이시스와 비슷한 속도로 반응을 보였다.

"알포네에서."

"알포네에서?"

이번에는 평소처럼 이시스의 반응이 더 빨랐다.

"응. 이오나가 알포네의 이종족과 싸울 때도… 뭔가 이상할 정도로 가슴이 두근거렸거든. 똑같다고 말할 수는 없지만 연관이 있다는 걸 확신할 만큼은 비슷했던 것 같아."

"이오나가 실력을 발휘했다는 건 위험한 상황에 처했던 거잖아. 긴장감에 가슴이 두근거릴 수도 있는 거고. 아까와 조건이 크게 다른 것 같지 않은데?"

이시스의 말에 드리튼은 가볍게 고개를 끄덕였다. 평소 성격이 급한 만큼 판단력도 빠르다. 충분한 정보와 조건이 충족된다면 누구보다 빠른 결론을 내릴 수 있을 정도. 지금의 경우도 그랬다. 즉각적으로 말을 내뱉긴 했지만 정확한 지적인 것이다.

"그러니까… 느낌이 다르다고. 긴장감이라는 말로는 설명할 수 없을 만큼 강하고 격했단 말이야. 심장에서 솟구치는 피를 주체하지 못해 손이 떨려올 정도로 말이지."

샤렌은 고개를 떨어뜨려 자신의 손바닥을 내려다봤다. 아직까지도 희미하게 손톱이 파고들었던 자국이 남아 있었다.

"가만히 서 있는 것조차 힘들었어. 입을 벌려 아무렇게나 무엇을 외치지 않고서는 견딜 수 없을 정도로."

"그래서……."

드리튼이 샤렌의 말을 받았다.

"…피가 끓었다고 생각한 거구나. 아젠투어고 뭐고를 떠나서 네 감정 자체가 뭔가에 강하게 자극을 받은 거니까."

"……."

드리튼은 샤렌의 침묵을 이해했다. 적어도 언변과 화술에 있어서 늘 발군의 능력을 보였던 샤렌이다.

한데 자신의 내부에서 느껴지는 어떤 감정을 제대로 표현할 수 없는 지금의 상황이 그에게는 쉽지 않을 터다.

그때 불쑥 이시스가 한마디를 던졌다.

"야망이란 건가?"

"……!"

샤렌이 제자리에 멈춰 섰다.

"야망?"

드리튼도 샤렌과 나란히 서며 물었다.

"뭐, 뭐야? 둘 다 표정이 왜 그래?"

정색을 한 두 친구의 모습에 이시스는 난감한 표정을 지었다. 날카롭기 짝이 없는 샤렌, 둔해 보이지만 여우같은 속내를 가진 드리튼이다. 그래서인지 늘 자신의 말이 무참하게 씹히는 경우가 더 익숙했던 이시스인 것이다.

하지만 간만에 두 친구가 자신의 의견을 경청하는 상황.

기회를 놓칠 이시스가 아니었다.

"뭐, 그냥 의견일 뿐인데……."

일단 무턱대고 치고 나갈 수 없으니 한 자락을 깔아두었다. 나중에 무슨 핀잔을 듣게 될지 모르니만큼 빠져나갈 구멍을 만들어두는 것이다.

"이오나가 무력을 발휘했다면 보나마나 엄청났을 거잖아. 대륙 최강의 무위를 지닌 여자이니만큼 가볍게 손을 썼다 해도 말이지."

쭈욱 말을 늘어놓고 샤렌과 드리튼의 반응을 살피는 이시스.

다행히 자신의 말에 실망을 하거나 뭔가를 트집 잡을 기색은 없어 보였다.

그 순간 불현듯 떠오른 생각.

'뭐야? 내가 왜 이 녀석들에게 이렇게 주눅이 들어서 이야기를 하고 있는 거야?'

핀잔을 받게 되어도 별달리 신경을 쓰지 않던 그다. 두 친구가 지나칠 정도로 곱게 씹어주시면(?) 발끈하는 심정이 들긴 했지만 따로 의식하면서 그 상황을 피하려 든 적은 없었던 것이다.

한데 지금은 다르다. 한마디 한마디를 꺼내 들며 조심스럽기 짝이 없다. 심지어 말이 진행되는 중간에 샤렌과 드리튼의 반응을 살피기까지 하고 있었다. 지난날의 자신과는 크게 다른 것이다.

'아니! 내가 아니야. 이 녀석들이 뭔가 달라진 거라고.'

그렇게 생각을 정리하며 이시스는 말을 이어갔다.

"선동이 있었다지만, 황제의 위세도 정말 놀랄 만했지. 한 나라를 순식간에 멸망시킬 만한 기사단이 수행하고 있었고, 그중에서도 돋보이던 황제였으니까."

이시스는 이오나와 트라시아의 황제를 봤을 때의 공통점을 짚어내 전제를 깔아둔 다음, 본론을 꺼내 들었다.

"보통의 경우라면 흥분도 흥분이지만 동시에 위축되는 면이 있지 않았을까? 나와는 차원이 다른, 뭔가 다른 세상의 일이라 여겨지면서 일방적으로 동경하거나 포기할 수밖에 없는 자신의 상황을 자각할 수도 있을 거고 말이야. 나이나 신분을 떠나 자신이 살아온 세월에 대한 기준이 세워져 있으니까 말이야."

드리튼은 또 한 번 고개를 끄덕였다. 막연한 동경은 있을지언정, 이오나나 황제는 여태 드리튼 자신이 살아온 세계 밖의 인간들이다. 같은 하늘 아래에 있을 뿐, 그 무엇 하나 동질감을 느낄 부분이 없는 것이다.

자신 또한 여타의 많은 사람들에게는 그런 사람이다. 한

달, 아니, 일 년 내내 뼈 빠지게 일을 해도 벌까 말까 한 돈을 하룻밤 술값으로 가볍게 날리는 드리튼이었다. 잘난 부모를 둬 그와 같은 사치를 당연히 여기는 자신은 레비크의 서민들에게는 다른 세상 사람일 수밖에 없는 것이다.

드리튼의 반응을 확인한 이시스는 흥이 올랐다. 최근 녀석이 노골적으로 자신의 말에 동의를 표하고 나선 게 드물었던 것이다.

"나와 무관한 것에 관한 일방적인 느낌이 아니라, 그에 대한 반응을 보였다는 것은 무엇인과 '관계'를 의식했다는 거겠지. 내가 알고 있는 평소의 샤렌이라면 막연한 동경 따위하고는 거리가 머니까 대상에 대한 어떤 열망을 느꼈다고 보여져. 특별한 여자를 봤을 때, 이 녀석 눈에 생기가 돌잖아."

여지없이 이번에도 드리튼이 고개를 끄덕이고 나섰다. 대부분의 일에 냉소적인 샤렌이다. 그가 살아가는 방식에 있어서 다른 누군가를 부러워할 일이 없어 보일 정도다.

하지만 특별한 여자를 대했을 때만큼은 예외다. 원하는 바를 달성하고자 할 때의 샤렌은 그야말로 타오르는 느낌이 완연한 것이다.

"결국 압도적인 무력을 행사하는 이오나나 세상 모두를 발아래에 둔 듯한 황제에 대해 샤렌이 욕심을 냈다는 건데, 그런 걸 보통 야망이라고 표현하지 않나? 나도 저런 걸 하고 싶다, 나도 저렇게 되고 싶다는 느낌이잖아. 그 대상이 황제와 이오나라면 대륙에서도 독보적이랄 수밖에 없는데 욕심을 낸다기에는 너무 표현이 조잡해 보이니까 말이지."

마지막 마무리는 좀 궁색해 보였지만, 그 내용에 있어서는 분명 와 닿는 바가 있었다.

드리튼은 고개를 끄덕이는 대신, 샤렌에게로 시선을 돌렸다. 이시스의 의견을 들은 그의 반응을 살피는 것이다.

"야망이라……."

어딘지 모르게 쓸쓸해 보이는 표정으로 그는 이시스의 말을 되읊었다.

이어진 웃음.

드리튼은 그 안에서 자조(自嘲)의 느낌을 읽어냈다.

하긴,

지난날의 샤렌을 돌이켜 본다면 야망이란 그의 사전에 있어서는 안 되는 단어다. 야망이란 단어는 기본적으로 미래를 지향하고 있다. 순간순간을 즐기는 것만이 지상과제였던 샤렌이다. 과거도 미래도 샤렌과는 어울리지 않았다. 아니, 그 스스로가 연속된 시간 자체를 거부했다.

마치 언제, 어느 때 삶이 사라져도 후회하지 않을 법한, 그런 모습이었다.

어쩌다 보니 주어진 자신의 생을 철저히 '소비' 하다 가겠다고 각오를 한 듯한 모습.

그 전형이랄 수 있는 게 샤렌이 삶을 대하는 방식이었던 것이다.

한쪽 끝이 말려 올라간 웃음은 그랬던 자신을 향한 것이리라.

어쩌면 지금에 와서 가슴에 큰 뜻을 품는 스스로를 향한 것일지도 모른다.

그리고 자조의 웃음을 지었다는 자체는 이미 이시스의 말에 대한 인정이다.

사위를 파악할 수 없는 공허한 샤렌의 인생에 지표가 세워지기 시작한 것이다.

드리튼은 느낄 수 있었다. 이 순간, 샤렌이 어떤 결정을 내리는가에 따라 앞으로 많은 것이 달라질 것이다. 샤렌은 물론, 자신과 이시스, 나아가 인류 전체에 파급이 미칠지도 모른다.

과장된 심정이 아니었다. 샤렌은 이미 대륙 전체에 영향을 끼칠 수 있을 만큼의 지위를 갖게 되었다.

또한 어떻게 보면 하찮다 싶을 정도에 불과한 능력인 관찰력이 샤렌이 가진 능력의 대부분이라지만 활용하는 방식에 따라 무궁한 효용이 있을 수 있음을 알고 있다.

"너라면……."

드리튼이 샤렌의 어깨에 손을 얹었다.

"이오나든 황제든… 넘어설 수 있을 거야."

"……!"

드리튼은 어깨에 얹어진 손에서 순간적으로 샤렌의 근육이 딱딱해지는 걸 느낄 수 있었다.

그리고 전해져 온다.

두근거리는 샤렌의 심장 박동이…….

생각했던 대로다. 샤렌이 자신과 이시스는 평생 가져보지 못할 커다란 뜻을 품은 것이다.

"…아무리 꿈은 크게 가져야 한다지만……."

이시스가 눈썹 끝을 아래로 내렸다.

"청염의 성위나 대트라시아의 황제를 넘보는 건 좀 무리가 아닐까? 아무리 샤렌이 지금 특별한 상황에 놓여 있다고 해도 말이지."

제아무리 12암가를 지배할 권한을 지녔다 해도 홀라덴의 4대성위를 대표하는 이오나 네이나, 북부 연합군 세력의 절반 이상을 소유한 황제를 넘어설 꿈을 꾼다는 것은 상식적으로 불가능한 일이었다. 누가 생각해도 이견이 있을 리 없는 의견인 것이다.

그 말을 들은 드리튼이 입을 열었다.

"내기할까?"

"응? 무슨 내기?"

"10년!"

"10년?"

"난 10년 후에 샤렌의 이름이 황제와 이오나의 위에 올라서 있다는 데 걸지. 1,000골드 어때?"

"……!"

이시스가 두 눈을 휘둥그레 떴다. 10년이라는 오랜 세월에 걸친 내기이기 때문도, 1,000골드라는 엄청난 금액 때문도 아니었다. 길다면 길지만 내기의 내용을 살펴보면 10년이란 턱없이 짧은 세월이다. 그 안에 샤렌이 트라시아의 황제와 이오나를 넘어설 거라 말하고, 그에 대해 확신을 갖는 드리튼에 대해 놀라는 것이다.

"너무… 무리하는 거 아냐? 샤렌이 그렇게 된다면야 나도 좋겠지만 말이지."

"무리라 생각하면……."

드리튼이 샤렌을 힐끗 보고는 말했다.

"걸어! 1,000골드!"

"……."

이시스의 주저하는 모습을 보고 드리튼이 샤렌의 어깨에 얹어뒀던 손으로 어깨를 툭툭 두드리며 말했다.

"샤렌과 나, 둘 다 1,000골드씩이야. 네가 이기면 2,000골드를 받게 되는 거지. 어때?"

"2,000골드라……."

잠시 골똘히 생각을 해보던 이시스가 표정을 굳혔다.

"좋아! 이기면 거금 생겨서 좋고, 져도 샤렌이 엄청나게 대단한 사람이 된다니… 그건 더 좋은 거지. 건다! 1,000골드!"

드리튼은 샤렌의 어깨에서 손을 뗐다.

그리고 이시스를 향해 뻗었다.

짝!

두 손바닥이 마주치며 경쾌한 소리가 났다.

"나중에 술 취해서 한 말이라며 무르기 없기다!"

"너야말로!"

희희낙락한 모습의 드리튼과 이시스였다.

그 모습에 샤렌의 입매에도 호선이 그려졌다. 조금 전의 자조 섞인 미소와는 확연히 구분되는 미소였다.

난데없는 드리튼의 내기 제안.

자신의 의사도 묻지 않고 진행, 결론을 내려 버린 조금 전의 상황에 무엇이 담겨 있는지 그는 알고 있었다.

신뢰.

드리튼은 샤렌 자신보다 더없는 믿음을 보내온 것이다.

의외의 순간에 스스로 인정을 해버린 어처구니없을 만큼 무모한 야망.

황당할 정도의 이야기에도 친구이기에 조건을 따지지 않고 응원을 해주는 것이다.

드리튼만큼 명확한 의도를 가진 것은 아니겠지만, 이시스 역시 망상에 가까운 자신의 감흥에 설득이 아닌, 내기의 수락으로 믿음을 보태고 있었다.

게다가 1,000골드라는 거금을 떠나서 봐도 가벼운 언사를 통해 농담처럼 주고받을 이야기가 아니었다. 그럼에도 둘은 웃으며 장난처럼 결론을 내렸다.

자신이 가질 수 있는 부담감을 덜어주려는 것이다.

그리고 두 사람이 만들어낸 편안함에 샤렌은 웃고 말았다. '친구'에 대한 새삼스런 의미를 되새길 필요조차 느끼지 못한 채 그저 미소를 짓고만 것이다.

2

황제의 도착을 환영하는 파티의 열기는 뜨거웠다. 엔살룸에 와 있는 트라시아의 고위급 인사들이 한자리에 모인 자리인 것이다.

품격있는 인사들을 위한 고상한 음악이 흐르는 파티장 외곽.

파티장의 흥을 돋우는 실내악단의 음악소리마저 희미하게 들리는 이곳에는 무거운 분위기만이 가득했다.

"설령 마법을 부렸다고 해도 이렇게 완벽하게 사라질 수는 없어요."

단호한 어조와는 달리 뚜렷한 이목구비를 갖춘 아름다운 얼굴에는 초조함이 물씬 배어났다.

"흔적이 끊긴 곳 자체가 문제입니다. 저희가 본격적으로 활동을 하기에는 무리가 있는 지역이라……."

검은색으로 온몸을 휘감다시피 한 복식의 사내가 난감한 표정을 지었다.

그 옆에 서 있던 날카로운 인상의 사내가 무표정하게 입을 열었다.

"활동의 제약에 국한된 문제가 아닙니다. 흔적이 사라진 건 갑작스러운 일. 제한적인 상황이라 해도 분석적 요소에 부족함은 없었습니다. 뭔가 변수가 있었던 게 확실합니다."

제대로 된 결론을 내리지 못하고 있는 데 대한 막연한 핑계 따위는 필요없다는 말투.

날카로운 인상의 사내는 자신들이 행한 조사에 대한 자부심이 있었고, 그 결론에서 벗어난 결과는 능력 부족이 아닌, 다른 문제가 존재하고 있음을 주장하는 것이다.

"변수라……?"

짙은 쌍꺼풀 아래의 커다란 눈이 별처럼 반짝인다. 그녀의 천재적 사고가 발휘되고 있는 것이다.

"남부에… 동조자, 혹은 협력자가 있다고 봐야 할까요?"

"사이브라의 인프라는 북부에 국한되어 있다는 게 저희의 조사 결과입니다. 특무대의 추적에 영향을 끼칠 정도의 남부인 동조자가 있다는 건 아니라고 봐야 할 것입니다."

처음의 사내가 부정적인 의견을 내비쳤다.

"구축해 놓은 인프라가 아닐 수도 있지요."

여전히 맑은 빛을 뿌리는 두 눈을 가진 여인이었다. 흑의를 입은 사내들과 함께 야왕, 사이브라에 대해 논하고 있는 그녀는 트라시아의 보석이라 칭해지는 이사벨 미타였다. 전시를 코앞에 둔 상황에서 황제 직속인 특무대원들을 따로 배정해 줄 정도이니 황제가 그녀를 얼마나 아끼는지 익히 짐작할 수 있었다. 자연 특무대원들은 황제의 총애를 받고 있는 이 여성 과학자를 대하기가 쉽지 않을 수밖에 없었다.

"즉흥적으로 만들어낸 협력자가 특무대의 조사 능력을 벗어날 정도란 말입니까?"

첫 번째 특무대원 고르스는 또다시 부정적 견해를 토로했다. 비록 이사벨의 지휘하에 야왕 사이브라를 쫓고 있는 입장이지만 특무대원으로서의 자부심은 드높았던 것이다.

"사이브라에게 주어진 환경이나 발휘할 수 있는 능력이란 특무대에 비교할 상대적인 개념이 아니에요. 변수의 폭을 그렇게 제한적으로 놓고 본다면 우리는 또다시 사이브라의 종적을 놓치게 될 거예요."

"하지만……."

"충분히 가능성이 있습니다."

날카로운 인상의 특무대원이 고르스의 말을 자르고 나섰다.

"무슨 말을 하는 건가, 시르포?"

고르스가 인상을 구기고 나섰지만 시르포의 무표정에는 변화가 없었다.

"사이브라가 사라진 부근에는 메르타 가와 테칸 가의 임시 숙소가 있습니다. 만약 사이브라의 협력자가 남부 대륙 64명가에 속하는 메르타 가나 테칸 가에 있다면 저희의 조사 능력 밖에 있다고 봐야 할 것입니다."

시르포는 제아무리 특무대라 해도 64명가의 임시 숙소까지 조사를 할 수 없는 일임을 인정하고 나선 것이다.

"64명가에서 왜 한낱 도둑 따위를 돕고 나서겠나?"

고르스는 말도 되지 않는다는 식으로 시르포의 말을 일축했다.

그런 고르스를 향해 이사벨이 말했다.

"우리가 지금 주목해야 할 포인트는 남부 명가에서 왜 사이브라를 돕느냐가 아니라, 사이브라의 행방 자체입니다. 수십여 년에 걸쳐 수많은 추적을 가볍게 따돌려 온 사이브라니만큼 그의 수완을 낮게 평가해서는 안 될 일이죠."

"하지만……."

"정황이 가리키는 바가 명확한 상황입니다. 사이브라의 능력이 부족하다는 전제로 가능성을 배제한다면 아무것도 할 수 없지요."

이사벨의 말이 끝나자 시르포가 나섰다.

"두 명가에 감시를 집중할까요?"

"내부 감시는 힘들겠지만, 어차피 사이브라가 평생을 저들의 임시 숙소에서 머물지는 않을 겁니다."

"저들의 도움을 받았다면 이미 감시 영역 밖으로 벗어났을 수도 있습니다."

"즉흥적인 협력 구축이었다면 거래가 있지 않았겠어요?"

"하긴, 아무 이유 없이 사이브라가 도움을 받았다고는 생각하기 쉽지 않군요."

"대가를 위해서라도 사이브라와의 접촉이 있을 거예요."

"즉각 감시 인원을 두 명가에 집중하겠습니다."

시르포의 말에 이사벨은 고개를 끄덕인 다음, 고르스 쪽으로 고개를 돌려 말했다.

"사소한 것 하나라도 제게 빠짐없이 보고를 해주세요."

"…네."

고르스의 대답이 한 템포 정도 늦었다. 황제의 지시가 있었다지만 여성 과학자의 명령을 받고 있는 자신의 처지가 만족스럽지 않았던 것이다.

"우리에게는 시간이 얼마 없어요. 황제 폐하께서 엔살룸에 도착하셨으니 곧 성전이 시작될 거예요."

전쟁이 벌어지면 사이브라의 추적은 어려워진다. 전황에 따라 이사벨에게 할애된 특무대 인원도 전쟁에 투입될 수도 있었다.

그녀가 서두르는 이유는 비단 성전의 발발뿐이 아니었다. 일분일초가 지날 때마다 '그'의 수명이 줄어들고 있는 상황이다.

더군다나 이번 일의 주요 목적은 사이브라의 체포가 아니라 순정의 하온의 회수다. 사이브라를 체포한다는 것이 곧 순정의 하온을 회수하는 것은 아니다. 순정의 하온이 어디에 있는지 알아낼 가능성을 구축할 뿐이었다.

그러니 이사벨로서는 마음이 급하지 않을 수 없었던 것이다. 체포를 목전에 두었다고 생각한 순간, 사이브라의 종적을 놓쳤으니 더욱 그랬다.

하지만 결코 포기할 수는 없었다. 그녀에게는 기필코 지켜야 할 약속이 있었던 것이다.

'조금만 기다려요, 칼스타인!'

밤하늘을 올려다보는 이사벨의 커다란 두 눈에는 달빛만큼이나 창백한 안색의 한 화가가 선명하게 보였다.

Chapter 11

1

“으음……?”

딱히 규정지을 수 없는 묘한 이질감.

샤렌은 발목을 잡는 수마의 유혹을 뿌리치고 눈을 뜨지 않을 수 없었다. 무시하고 잠을 지속하기엔 지나치게 거슬렸기 때문이다.

“……!”

눈을 뜬 샤렌은 놀라지 않을 수 없었다.

활짝 열린 창문.

선선한 바람결에 조용히 춤추는 커튼.

그리고 은은한 달빛으로 외곽을 그려낸 하나의 인영.

누군가 아무런 기척도 없이 샤렌의 방에 침입해 들어온 것이다.

'…에르미나?'

아직까지 회복되지 않은 시력으로 인해 흐릿하게만 보이는 인영에 대해 추측해 보는 샤렌이었다. 철통같은 메르타 가의 보안을 무력화시키고 손쉽게 자신의 방에 들어설 수 있는 이에 대해 떠올려 보는 것이다.

'…아니야.'

몇 번에 걸쳐 눈을 깜빡여 시력을 회복하는 중간에 샤렌은 방 안에 들어선 이가 에르미나가 아님을 확신할 수 있었다. 얼굴을 볼 수는 없지만 기본적으로 체형이 다르다. 방 안의 인영은 에르미나처럼 키가 크지도 않았고, 육감적인 볼륨을 갖고 있지도 않았다.

적당한 키, 가냘파 보이는 몸매.

그리고 달빛을 반사하는 갑주…….

'갑주!'

눈의 깜빡이고 나서 말없이 몸을 일으키는 사이, 잠에서 깬 샤렌의 의식은 갑주에까지 이르렀다.

그가 입을 열었다.

"…아네스?"

어둠이 장애가 되지 않는 샤렌의 안력은 곧 자신의 추측이 옳았음을 확인해 주었다. 창문을 넘어 샤렌의 방에 들어선 인영의 주인은 백야의 성위, 아네스 헤자르였던 것이다.

"헤에~!"

아네스는 생긋 웃으며 콧소리 섞인 음성을 흘렸다.

"정말로… 지나칠 정도로 무방비인 채 잠을 자는군요."

한밤중에 남의 방에 들이닥친 사람이 하기에는 어울리지 않는 말을 하고서 아네스는 사뿐사뿐 걸음을 옮겼다.

마치 제 방에 들어선 마냥 티 테이블로 향한 그녀는 의자를 빼 앉았다.

그사이 샤렌은 몸을 일으켰다.

"제가 샤렌님께 악의를 가지고 있었다면 어땠을까요?"

"……."

아직까지 아네스의 저의를 알지 못하는 샤렌은 침묵으로 응대했다.

게다가 아네스의 말은 자문(自問)에 가까웠다. 샤렌에게 묻고 있는 게 아닌 것이다.

"설마하니 이 저택을 지키는 허술한 경비에 안심했을 리는 없고……."

아네스는 마치 무대 위의 배우처럼 독백을 이어갔다.

"적의 암습에 대한 방비가 전무하다…… 이렇게 결론을 내려야겠지요?"

이번에는 샤렌의 동의를 구하는 말이었다.

샤렌은 천천히 입을 열었다.

"글쎄요."

"글쎄요… 라니요?"

"어쩌면 암습이 아니기 때문일 수도 있지요."

"호오! 제가 살의(殺意)를 품지 않았기 때문이라고요?"

"게다가 아네스님은 이오나의 친구이기도 하고요."

적이 아니기 때문에 쉽사리 방에 들어올 수 있었다는 내용의 강조였다.

"헤에? 그럼 제가 살의를 드러낸다면요?"

말이 끝남과 동시에 그녀의 몸에서 날카로운 기운이 솟구쳤다. 마치 잘 벼린 검의 포인트가 샤렌의 목을 겨누듯 뾰족한 기운이 샤렌의 지척에까지 이르고 있었다.

순간,

샤렌의 주변에 기이한 현상이 일어났다. 어둠 속의 그림자가 일렁이는가 싶더니 거짓말처럼 세 명의 흑의인이 모습을 드러낸 것이다.

"와아?"

아네스는 커다란 눈을 동그랗게 떴다. 마치 신기한 장난감을 발견한 어린아이와 같은 표정이었다.

"믿는 건 바깥쪽을 지키는 호위가 아니라 이 사람들이었군요."

아네스는 조금은 이해가 간다는 듯한 표정을 지었다.

그러다가는 곧 다시 어리둥절해하며 물었다.

"이 사람들, 암가의 영자들이 아닌가요?"

기척을 죽이고 있을 때는 자신조차 '감지' 하지 못할 정도의 은신술.

어둠 자체를 이용해 스스로를 감추는 그 능력은 아네스가 알기로는 12암가의 영자들이 사용하는 기술인 것이다.

샤렌은 고개를 가볍게 끄덕였다.

"헤에……?"

아네스의 고개가 옆으로 살짝 기울었다. 뭔가를 이해하기 힘들다는 식의 그 표정은 너무나 귀여웠다. 나이 어린 브리올렛과는 조금 다른, 마치 움직이는 인형과 같은 느낌이었다.

"케신 철강의 차남이 이교도의 가문에 머무는 것도 이상한 일인데……."

기본적으로 아네스는 세키나 교를 수호하는 성위기사였다. 메르타 가는 그녀의 시각에서 보자면 이교도의 주축을 이루는 한 세력에 불과한 것이다.

"그 안에서 또 다른 적대 세력의 호위를 받고 있다… 는 거군요."

아네스의 두 눈에서 발하는 반짝임이 더해졌다.

"당신에게는 정말로 네이 경을 도울 만큼의 뭔가가 있다는 건가요?"

그 한마디로 인해 샤렌은 이 야심한 시각에 아네스가 불쑥 자신을 찾아온 이유를 짐작할 수 있었다. 그녀에게 있어 이오나는 동경의 대상이자 보호자였으며, 샤렌이 짐작 가능한 범주를 넘어설 정도의 의미를 지닌 존재였을 것이다.

그런 이오나가 자신의 눈으로 확인 불가능한 어떤 남자에게 보호를 받아 목숨을 구했다는 사실이 쉽사리 와 닿지 않았을 터.

스스로 그 해답을 찾기 위해 이곳을 찾았으리라.

홀라덴의 4대성위의 행동이라기에는 지나치게 경솔하달 수 있었다. 그녀가 이 시간에 이곳에 침입했다는 사실만으로도 성전의 기폭제가 될 수 있기 때문이다.

하지만 아네스에게 있어서 이오나에 관한 것이라면 무리한 상황을 무릅쓰고도 남을 일인 것이다.

"특별한 상황이었을 뿐입니다. 제가 가진 능력에 이오나가 도움을 받았다기보다는 우연히 벌어진 일이 그녀에게 도움이 되었을 뿐이지요."

"그 정도만으로는 네이 경의 행동을 설명하기에 부족함이 많죠."

그 정도의 도움을 받았다고 해서 샤렌에게 대하는 것과 같은 방식으로 이오나가 행동할 리 없다는 뜻이었다. 아네스의 순박한 시선 속에서도 샤렌을 대하는 이오나의 언행은 특별하기 짝이 없었던 것이다.

"하지만……."

샤렌은 담담한 표정으로 말했다.

"그게 사실이에요."

말을 마친 샤렌을 바라보는 아네스의 눈에 이채가 걸린다. 아직까지 자신은 샤렌을 향한 살기를 거두지 않았다. 별다른 강함도 느껴지지 않는 샤렌이다.

한데 유약해 보이는 그가 집중된 자신의 살기를 한 몸에 받으면서도 저와 같은 담담함을 유지할 수 있다는 건 흥미로운 일이 아닐 수 없었다.

"겸손은 훌륭한 태도지만, 제가 궁금해하는 것을 해소하기에 적합하진 않네요."

지난번 봤을 때는 약간은 모자라 보일 정도까지 순수함의 극치인 태도로 일관했던 아네스이다.

하지만 이오나와 함께하지 않은 그녀의 분위기는 사뭇 달랐다. 여전히 귀엽고 순결해 보인다.

하지만 이오나 특유의 고압적인 태도가 겹쳐졌다. 10여 년 전 이오나의 모습이 이러지 않았을까 싶을 정도인 것이다.

"대체 무엇이 그렇게 궁금해서 백야의 성위께서 이 시간에 여기까지 오셨을까요?"

이제는 입가에 미소까지 짓는 샤렌.

평정을 유지하는 이상을 보이는 샤렌의 그 표정은 아네스를 자극했다.

"별건 아니에요. 당신에게 진짜로 네이 경을 도울 능력이 있는지 확인하고플 뿐이니까요."

아네스가 말을 마치는 순간,

샤렌은 자신의 앞을 가로막고 있던 영자에게 손을 내밀었다.

"자네들은 나서지 않는 게 좋겠어."

"하지만……."

얼굴을 복면으로 가린 영자의 말은 샤렌에 의해 가로막혔다.

"명을 따르도록."

굳어진 샤렌의 표정에 이견을 달 리 없는 영자들이었다.

"존명!"

하나의 목소리로 대답한 영자들의 모습은 다시 어둠 속으로 사라졌다. 묵혼을 사용한 것이다.

"헤에, 참 신기한 능력이네요."

또다시 어린아이처럼 순박한 표정을 짓는 아네스.

하지만 그녀의 눈빛은 이전과 확연히 달랐다.

'우연이라기에는 너무도 공교로워!'

아네스는 내심 크게 놀라는 중이었다. 조금 전에 말을 끝내는 순간 발검을 준비했다. 지난번 플루타나가 그랬던 것처럼 급작스러운 공격을 펼쳐 샤렌에게 압박을 가하려던 것이다. 위급한 순간이라면 이 남자가 가진 진정한 능력을 엿볼 수 있다고 생각했기에.

한데 그 뜻을 행동으로 옮기려는 순간, 샤렌은 먼저 호위를 물렀다. 자신의 행동에 의해 그들에게 해가 갈 것을 염려했다는 듯이…….

사실 그럴 가능성은 거의 없었다. 제법 기도가 훌륭한 호위들이었으나, 4대성위로 꼽히는 아네스와는 현격한 수준의 차가 나는 실력.

그녀의 행사에 저들이 방해될 가능성은 지극히 낮았던 것이다.

"모든 것은 제가 말씀드린 그대로입니다. 백야의 성위께서 새삼스레 확인할 새로운 것은 없다는 뜻이지요."

"그거야 알 수 없는 일이지요."

이미 샤렌이 자신의 급습을 감지했을 가능성에 무게를 둔 아네스였다. 말 몇 마디에 물러날 생각은 전혀 없었다.

"정히 절 시험하고 싶으시다면, 일단 장소를 바꾸시는 게 어떨까요?"

샤렌의 제안에 아네스는 고개를 끄덕였다. 이오나에 관련된 일이기에 주저없이 나섰지만, 아예 사리를 분별치 못하는 아네스는 아니었다. 만약 샤렌에게 정말로 이오나를 도울 정도의 능력이 있다면 자신의 시험은 제법 요란한 소동을 일으키게 될 것이다.

이는 곧 메르타 가에서 자신의 침입에 대해 알게 된다는 뜻.

후에 닥칠 파급은 불을 보듯 훤했다. 다른 건 몰라도 이오나의 매서운 질책이 뒤따를 터이니 그것만큼은 피하고픈 아네스였던 것이다.

"이동 중에 제게서 벗어날 생각은 않는 게 좋을 거예요."

귀엽고 예쁜 표정은 그대로인 채 아네스는 말했다.

샤렌은 고소를 머금었다.

'이거, 은근히 무섭네.'

깜찍하고 순수한 모습으로 압력을 행사하는 모습이 묘하게 공포 분위기를 자아낼 수 있다는 사실은 샤렌에게 있어서도 낯선 경험인 것이다.

아네스가 먼저 움직였다. 거침없는 동작으로 창밖으로 몸을 날린 것이다.

샤렌은 허공을 향해 말했다.

"이곳에서 기다리고 있어. 별일 없을 테니 염려하지 말고."

"존명!"

2

"백야의 성위가요?"

"그렇습니다."

"어째서 메르타 가에 홀라덴의 성위기사가……?"

이사벨의 미간에 골 깊은 주름이 잡혔다. 사이브라의 행방을 알아내기 위한 감시였는데 엉뚱한 일이 포착된 것이다.

"뿐만이 아닙니다."

"……?"

"들어갈 때는 혼자였으나 나올 때는 둘이었습니다."

"그 안에 동행이 있었다는 건가요?"

"네. 복장은 남방식이었으나 백야의 성위와 함께 움직인 자는 북부인으로 보입니다."

"메르타 가 내부에 북부인이 있었다고요?"

이사벨의 두 눈이 반짝였다.

"운신의 능력이 범상치 않았습니다."

"바라카를 운용한다는 뜻인가요?"

"메르타 가의 경비병들이 저들의 움직임을 포착하지 못할 정도였으니까요."

바라카를 운용하지 않고서는 불가능한 일이라는 뜻이었다.

"메르타 가에서 우리가 모르는 무엇인가가 벌어지고 있다는 건 분명하군요."

"사안으로 미루어 이 정보는 본대에도 보고를 해야 할 것 같습니다."

이사벨의 큰 눈이 가늘게 떠졌다.

"적과의 내통이라고 보는 건가요?"

"정보의 분석은 제 분야가 아닙니다."

다소 무뚝뚝한 답변이었지만, 이사벨은 그의 대답에 만족해했다. 특무대원으로서의 자부심을 앞세우기에 급급한 고르스에 비해 딱딱하지만 자신의 역량에 대해 냉철한 판단을 내리는 시르포 쪽이 일하기에 더 편했던 것이다.

"특무대에서 내려진 결과를 저도 알 수 있을까요?"

"이 사안이 사이브라와 무관하지 않다면 알 수 있을 것입니다. 미타 경의 기밀 정보 취급인가는 제 이상이니까요."

시르포의 대답에 이사벨은 고개를 끄덕이며 안도했다. 특무대에서 취급하는 정보는 사이브라의 추적에 큰 도움이 된다. 그중에서 걸러지는 것이 있다면 곤란했다. 칼스타인의 병을 고칠 수 있는 희망이 코앞에 있는 마당이니만큼, 여기서 방해 요인을 만들 수는 없는 것이다.

"누구의 손에서 분석이 이뤄지게 되는지 알려주도록 하세요."

이 시점에서는 작은 오류가 큰 차이를 만들 수 있었다. 특무대라 해서 모든 것을 전부 믿고 따를 수는 없는 상황인 것이다.

"알겠습니다."

시르포의 간결한 대답이었다.

"참! 백야의 성위와 북부인은 계속 쫓고 있는 건가요?"

"그건 불가능합니다. 북부인의 능력이야 제대로 알 수 없지만, 백야의 성위 정도라면 저희의 추적은 금세 알아차릴 것입니다."
"잠복해 있는 감시망에 그녀가 들어온 것과 뒤를 쫓는 것에는 큰 차이가 있다는 뜻이군요."
"그렇습니다."
"알겠어요. 일단 최소한의 숫자만 남기고 테칸 가의 인원을 메르타 가로 돌리도록 하죠."
"네."

3

샤렌은 아네스와 함께 메르타 가 뒷산에 올랐다. 지난번 브리올렛과 직탄격을 실험했던 그곳이다.
샤렌이 멈춰 서자 아네스가 고개를 갸웃거렸다.
"여긴 너무 가깝지 않나요?"
자신의 무위에 대해 누구보다 잘 알고 있는 그녀였다. 제대로 검 한 번만 휘두르고 샤렌이 그것을 막아낸다면 그로 인한 폭음이 메르타 가에 들르는 건 당연하다고 봐야 했다.
하지만 샤렌의 생각은 달랐다. 제아무리 막대한 양의 하온이 몸에 잠재되어 있고, 메르타 가 체술의 기초를 익혔다 해도 상대는 백야의 성위였다. 애초 그녀와 정면으로 마주해 무엇인가를 한다는 생각 자체가 무리인 것이다.
"이 정도면 아네스님의 호기심을 풀기에는 충분할 겁니다."

실룩.

샤렌의 말에 아네스의 한쪽 눈썹 끝이 위쪽을 향해 움직였다.

"방을 나설 때 겸손했던 태도까지 두고 나온 모양이네요."

아네스의 말은 오해에서 비롯된 것이다.

하지만 샤렌은 굳이 해명하지 않았다. 최단 시간 내에 그녀가 원하는 바를 주면 그뿐이기 때문이었다.

샤렌이 계속해 미소만 짓고 있자, 아네스는 자신의 애검 휘강(輝罡)을 뽑아 들었다. 순백(純白) 검신에서 이는 백광(白光)에서 우아함이 절로 느껴졌다.

하지만 백야의 성위가 뽑아 든 검을 보고 그 아름다움에 도취될 여유를 갖기란 불가능한 일이었다.

휘강에 이는 별과 같은 반짝임을 넘어서는 광채가 아네스의 몸에서 치솟았다. 이오나의 홀렉시움이 청색이듯 아네스의 그것은 백색이었던 것이다.

보통의 사람이라면 똑바로 눈을 뜨고 있는 것조차 불가능해 보이는 강렬한 백광이 사위를 물들였다. 주변이 대낮처럼 밝아지는 건 당연한 일이었다.

"조심하는 게 좋을 거예요. 그대의 진정한 능력을 보기 전에는 멈출 생각이 없으니까."

아네스의 경고에도 샤렌의 입가에 걸린 미소는 사라지지 않았다.

하지만 명백한 반응은 있었다.

그의 미간에 금광이 맺히는가 싶더니 눈과 같은 모양이 선명하게 떠오른 것이다.

"……!"

사람의 미간 상단에 금빛 눈이 생겨난다는 이야기를 들어본 적이 없는 아네스였다. 생전 처음 보는 기이한 현상에 그녀는 검의 힐트를 고쳐 잡았다. 샤렌이라는 남자에게 자신이나 플루타나가 예측할 수 없었던 특별한 능력이 있을 수도 있다는 생각이 들었기 때문이다.

단지 샤렌이 홀렉시움과 유사한 현상을 구현했기 때문만은 아니었다. 순수하고 귀여운 용모를 지녔다지만, 그녀는 지금껏 수많은 악전(惡戰)을 거쳐 온 검사였다. 샤렌의 여유로운 모습 이면에 보이는 무엇인가가 아네스의 신경을 끊임없이 자극하고 있었던 것이다.

스윽.

좌측 발을 대각선으로 내미는 아네스.

그와 동시에 성검 휘강의 검신이 지면과 수평을 이뤘다.

샤렌은 그와 같은 아네스의 움직임에 시선을 집중했다. 그의 머릿속에 두루마리에 적혔던 수많은 무투의 이론이 빠르게 떠올랐다.

뛰어난 샤렌의 관찰력과 안력은 휘강의 포인트가 미세하게 움직이고 있음을 파악할 수 있었다.

검도(劍道)의 정점에 선 아네스의 검이 흔들릴 리는 없을 터.

미세한 포인트의 움직임 속에 그녀의 검이 나아갈 방향이 담겨져 있을 것이다.

그중에는 허와 실이 있을 테지만, 아쉽게도 실전의 경험이 전무하다시피 한 샤렌으로서 구분하기란 불가능한 일이었다. 하는 수 없이 모든 변화를 실이라 가정하고 준비하는 수밖에 없었다.

그가 이루고자 하는 건 단 하나!

그 목적을 위해 겉으로 내비친 표정처럼 여유로울 수만은 없는 샤렌이었다.

'호오!'

샤렌이 아네스의 검이 만들어내는 움직임을 볼 수 있듯, 아네스 역시 샤렌의 몸이 계속해 움직이는 것을 확인할 수 있었다. 그리고 그의 움직임이 자신의 검 포인트가 만들어내는 변화의 반응이라는 사실 또한 알아냈다.

'검의 포인트만 보고도 검로를 예측하고 있어?'

변화된 공격 형식을 배제한다면 샤렌은 검의 포인트가 최단의 거리를 통해 그의 몸에 닿을 수 있는 부위에 반응을 보이는 중이었다. 검의 포인트가 한 점인 것은 차치하고서라도 그와 자신 사이의 거리를 생각한다면 정확한 목표 지점을 찾기란 여간 어려운 일이 아니었다.

한데 수시로 변화를 주고 있음에도 일일이 그에 대해 반응하고 있으니 이미 대검호의 반열에 오른 지 오래인 아네스도 감탄하지 않을 수 없었다. 살기를 얹거나 기세를 집중해 상대를 자극하지 않았으니 더더욱 그랬다.

그러나 감탄의 순간도 잠시.

아네스의 고운 눈썹이 하늘을 향해 상큼 치켜 올라갔다.

"무구를 뽑지 않을 건가요?"

방을 나설 때 무구를 챙겨 온 샤렌이었다.

하지만 그는 허리에 찬 범상치 않은 무구를 뽑지 않고 있는 것이다.

"아직 이 무구의 사용법을 배운 적이 없어서요."

샤렌의 말에 아네스의 표정이 더욱 굳어졌다. 자신의 검로를 읽어낼 정도의 안력을 가진 자가 사용법조차 모르는 무구를 허리에 차고 다닌다는 건 말이 되질 않았다. 만에 하나라도 그렇다면 굳이 저 무구를 소지한 채 이곳에 올 이유도 없는 것이다.

덕분에 아네스의 신경을 거스르게 하는 일이 하나 더 생겼다. 샤렌이 허리의 무구를 어떻게 사용할지 염두에 둬야 했던 것이다.

스윽.

이전보다 조금 더 빠르게 우측 발을 내밀어 보는 아네스.

상대적으로 기민해진 동작은 위협적일 수밖에 없다. 자신

정도의 실력을 가진 무투가라면 더욱 그렇다.

하지만 샤렌의 반응에는 큰 차이가 없었다. 자신의 검이 향할 곳에 미미한 움직임을 보일 뿐, 놀라지도, 경각심을 표하지도 않았다.

마치 아네스가 이번에 움직인 게 그의 반응을 이끌어내기 위한 동작이라는 것을 알고 있다는 듯한 모습이었다.

'이 남자… 설마 우리의 수준에 오른 고수란 건가?'

다시금 아네스의 머릿속이 혼란스러워지기 시작했다. 그에 대해서는 이미 플루타나와 이야기를 나눴다. 불규칙한 보폭, 흔들리는 상체, 기본적인 자세 자체가 무투를 제대로 익힌 흔적이 보이지 않았다.

그래서 아네스와 플루타나는 무투가 아닌 뭔가 특별한 능력이 있을 거라 단정 지었다. 크샤트린 출신인만큼 마법사일 가능성이 제일 높았다.

지난날 이오나에게 들었던 마법의 위력은 상당히 흥미로웠다. 맨손에서 불길이 일고, 얼음이 맺히며, 물이 쏟아진다고 했다. 그 변화무쌍함에 제대로 대응하지 못한다면 상당히 곤란한 지경에 이를 수 있다고까지 들었다. 이오나 때문에 샤렌을 찾았다지만, 마법사와 겨뤄보고 싶다는 욕심이 없다고 하면 거짓이리라.

하지만 그녀의 생각은 샤렌과 함께 창문을 나서며 바뀌었다. 표홀한 몸놀림으로 자신의 뒤를 쫓는 샤렌을 본 것이다.

마법사는 운신에 있어서 제한이 있다고 들었다. 보통 사람의 수준을 크게 넘어서지 못하는 것이다.

한데 샤렌은 별다른 어려움 없이 자신의 빠른 이동을 쫓아왔다. 바라카나 잉크라를 익히지 않았다면 불가능한 운신인 것이다.

아네스로서는 한 가지 가정을 떠올리지 않을 수 없었다. 평소의 허술한 자세가 타인을 기만하기 위한 것일 수도 있다는 가정이었다.

생각이 거기에까지 이르자 절로 근거가 떠올랐다. 완벽하게 무방비하게 여겼던 샤렌에게 자신조차 감지하지 못했던 호위들이 있었다.

명가에 머물며 암가의 호위를 받고 있으리라 누가 생각할 수 있겠는가?

아네스로서는 어쩌면 지닌바 무위보다 더 무서운 심계를 지닌 자일 수도 있다는 생각이 들 수밖에 없었던 것이다.

하지만 그와 같은 결론은 아네스의 실망을 불러일으키는 결과를 가져왔다.

이오나가 스스로 보호받았음을 인정한 남자.

그 남자가 교묘한 수작을 선호하는 간웅이라는 사실이 달갑지 않은 것이다.

그와 같은 감정의 동요는 찰나의 순간 사라졌다. 대검호라는 칭호가 부끄럽지 않은 아네스였다. 상대에게 간교한 면모가 있었다 해도 자신과 플루타나의 안목을 가볍게 흐렸다.
이는 자신들이 오른 경지와 큰 차이가 없을 때에나 가능한 일.
패배를 염두에 둘 일은 없지만, 평정심을 잃어서는 곤란해질 수 있다고 생각한 것이다.
"후우……!"
긴 호흡이 그녀의 매혹적인 입술을 빠져나가고, 그 소리는 샤렌에게도 선명히 들렸다.
'온다!'
샤렌이 그렇게 생각하는 순간이었다.

Chapter 12

1

백광이 사위를 가득 메웠다. 눈조차 뜨기 어렵다는 것을 느끼기도 전, 휘강의 포인트는 공간을 생략해 버린다.

공기를 가르는 음향조차 뒤에 남겨두는 검격(劍擊).

이오나가 그랬듯, 아네스의 검 또한 신속(神速)의 영역에서 물리적 한계를 뛰어넘는다.

만반의 준비를 하고 있던 샤렌의 영시안 또한 강한 빛을 발했다.

시린 백광과 현란한 금광이 섞이는 순간,

팟! 하는 경쾌한 소리가 울려 퍼진다.

그리고…….

"…왜?"

아네스는 놀라 크게 뜬 눈으로 떨리는 목소리를 흘렸다.

그녀의 목소리를 쫓아 한줄기 선혈이 지면을 향해 낙하를 시작했다.

똑, 똑.

붉은 핏방울이 방사형으로 퍼지며 흙바닥에 기하학적 문양을 그려냈다.

아네스는 화들짝 놀라며 애검 휘강을 거둬들였다.

그리고 샤렌의 손을 확인했다.

결정적인 순간에 검을 멈춰 세웠으나, 휘강은 샤렌의 손바닥에 깊은 흔적을 남겼다. 조금만 더 늦었다며 휘강의 검신이 샤렌의 손을 관통했으리라.

"일부러 손을 내민 거죠?"

아네스의 목소리가 살짝 떨려 나왔다. 애초의 목적은 샤렌의 능력을 확인하는 것뿐. 그의 부상은 염두 밖에 있었던 것이다.

그녀의 표정에는 납득할 수 없는 지금의 감정이 고스란히 담겨 있었다. 샤렌은 분명 두 눈으로 자신의 검을 쫓고 있었다. 금색의 홀렉시움을 발현한 손은 검로를 정확히 가로막았다.

그리고 결정적인 순간, 그는 홀렉시움을 거둬들였다. 아무런 대비도 없이 휘강을 향해 손을 뻗어낸 것이다. 정확히 말하자면 검의 수발이 자유로운 아네스는 휘강의 포인트가 샤렌의 손에 닿기 전에 멈춰 세웠다.

한데 샤렌이 힘을 가해 스스로의 손을 다치게 한 것이다. 홀렉시움을 발현할 정도의 실력으로 내밀었던 손을 멈춰 세우지 못했다고 볼 수는 없었으니까.

아네스가 납득할 수 없는 표정을 짓고 있는 데는 그와 같은 이유가 있었다.

씨익.

손에서 통증이 느껴지지도 않는지 샤렌의 입가에 미소가 걸렸다.

"……?"

아네스가 어리둥절해할 때, 샤렌의 영시안이 다시 빛을 발했다.

피를 흘리던 샤렌의 손바닥 역시 금빛으로 물들었다.

그리고 잠시 후,

"이럴… 수가!"

아네스는 표정은 의혹에서 경악으로 바뀌었다.

샤렌의 손에서 흐르는 피가 멎는가 싶더니 상처가 아물어 간다.

기적과도 같은 그 현상은 거기에서 멈추지 않았다.

채 얼마의 시간이 지나지 않는 동안, 상처가 흔적도 없이 사라져 버린 것이다.

만약 하나된 휘강을 통해 샤렌의 손바닥을 찔렀다는 사실을 체감하지 않았다면 애초 상처란 게 존재하지 않았다고 생각할 수밖에 없을 정도였다.

석고상처럼 굳어 움직일 생각조차 못하는 아네스의 귀에 샤렌의 부드러운 목소리가 들렸다.

"앞서 말씀드린 대로 제게는 특별한 능력이 없습니다. 다만 보신 것처럼 남들보다 훨씬 빠르게 제 몸을 치유할 수 있을 뿐입니다."

"……."

"알포네에서 저는 이오나에게 가해지는 암습을 보게 되었습니다. 그리고 그녀를 대신해 적의 무구를 몸으로 막아섰던 겁니다."

"네이 경을 대신해 적의 무구에 상처를 입었다고요?"

"하핫! 가슴에 뻥 하고는 구멍이 뚫렸지요."

샤렌의 웃음에도 딱딱해진 아네스의 표정은 풀리지 않았다.

"당신은 고통조차 느끼지 않는 건가요?"

아네스의 목소리에서는 확연한 떨림이 느껴졌다. 종잡을 수 없이 심한 그녀의 변화는 여전했다. 전투 태세에서 벗어난 아네스는 평소의 모습으로 돌아간 것이다.

샤렌은 고개를 가로저었다.

"고통은 보통 사람과 다르지 않습니다. 최근 엄청나게 많은 상처를 입은 터라 조금 더 참아낼 수 있을지는 모르겠지만 말이죠."

샤렌의 얼굴에 쓸쓸한 바람이 스쳐 지나갔다. 자비에의 실험 도구가 되어 하루에도 수십 개씩 몸에 상처를 내던 기억이 떠오른 것이다.

"이제 모든 상황이 이해가 가시는 거죠?"

"……."

"호기심이 해소되었으면 그만 내려갑시다. 밤바람이 차니까요."

샤렌은 그렇게 말하고는 먼저 몸을 움직이기 시작했다.

그때, 뒤에서 작은 목소리가 들려왔다. 흔들림을 넘어선 목소리는 촉촉이 젖어 있었다.

"…사해요."

"네?"

샤렌이 뒤를 돌아봤다. 울먹이는 아네스였기에 제대로 알아듣기 힘들었던 것이다.

"감사하다고요. 네이 경을 위해서… 그녀를 위해서……."

적의 무구를 몸으로 맞았다는 말은 차마 꺼내 들지 못하는 아네스였다. 아니, 그런 샤렌을 시험해 보겠다며 또다시 피를 보게 했다는 사실이 그녀의 혀를 무겁게 하는 건지도 모르는 일이었다.

"아네스님."

샤렌은 가볍지 않은 목소리로 아네스를 불렀다.

아네스는 숙였던 고개를 들어 올렸다. 부드러움 음성에 담긴 어떤 힘이 그녀의 시선을 끈 것이다.

샤렌은 아네스의 시선을 확보한 다음 말을 이었다.

"또다시 그런 상황이 온다 해도 저는 주저없이 몸을 던질 것입니다."

"……!"

"이오나가 웃는 모습을 볼 수 없게 되는 건 상상조차 할 수 없는 일이니까요."

샤렌은 그렇게 말하고 몸을 돌렸다.

걸음을 옮기는 그는 잊었던 말이 떠올랐다는 듯 한마디를 더했다.

"물론 아네스님이 그런 상황에 처한다 해도 마찬가지일 거예요."

"제가 그런 상황에 처한다 해도 마찬가지라고요?"

아네스는 미간을 찌푸렸다.

"왜죠? 왜 당신과는 상관도 없는 저를 위해 몸을 던지겠다는 거예요?"

싱긋.

샤렌의 입매가 가볍게 미소를 그려냈다.

그리고 그가 말했다.

"이오나의 친구는 곧 제 친구니까요."

"……!"

경쾌한 걸음을 옮기는 샤렌과 달리 아네스는 제자리에서 꼼짝도 하지 못했다. 별빛을 내는 그녀의 휘장은 끊임없이 몸을 떨었다. 하나 된 아네스의 손끝을 좇아, 그리고 흔들리는 그녀의 마음을 좇아 허공에 빛을 흩뿌렸다.

2

'대체 저 표정은 언제쯤이나 풀리는 거야?'

행여 무슨 소리를 듣게 될까 조심스레 문을 닫는 멕기스였다.

파견 임무 수행 중인 특무대에서 보내온 보고서를 보자마자 얼음덩이 상관의 표정이 더욱 차갑게 변했다. 그야말로 찬바람이 씽씽 부는 표정을 짓고 있는 터라 옆에서 숨을 쉬는 것조차 거북할 정도였다. 숨소리가 크다고 검을 뽑아 들지도 모른다는 생각이 든 것이다.

기실 대외적으로 얼음의 집행자가 유명세를 떨치는 건 탁월한 정보 분석 능력이다.

하지만 특무대 내부에서 알 만한 사람은 다 안다. 얼음의 집행자 케이온이 황립 검술 아카데미를 수석으로 졸업했으며 검에 대한 경지가 타의 추종을 불허한다는 것을…….

소문에 의하면, 그가 갑주를 입으면 견갑의 세 머리 독수리가 검을 세 개를 움켜쥔다고 할 정도다. 그의 나이를 생각하면 터무니없이 과장된 소문이겠지만, 그만큼 뛰어난 무재를 지니고 있다는 것만큼은 분명했다. 무재보다는 문재에 뛰어난 여타의 정보 분석관들과는 비교 불가의 인물인 것이다.

특무대는 철저한 상명하복의 조직 체계다. 상관의 심기를 거슬렀다가 가슴에 구멍이 난다 해도 하소연할 데가 없다는 뜻이다.

그러니 멕기스로서는 케이온의 표정이 굳어질 때마다 자라목을 하고 숨을 죽일 수밖에 없었다. 하필 저런 얼음덩이가 엔살룸에 와서 자신의 바로 윗자리에 앉아 있게 되었다는 사실을 한탄하면서…….

어쨌거나 지금은 얼음덩이의 집무실에서 벗어났다. 마음 놓고 숨을 쉴 수 있게 된 것이다.

"휘유… 우… 우?"

절로 튀어나오는 한숨이 두 차례에 걸쳐 기묘하게 바뀌었다.

처음의 변화는 눈이 번쩍 뜨일 정도의 미인이 특무대에 들어섰기 때문이다. 큰 키에 뚜렷한 이목구비, 농염함이 물씬 묻어나는 몸매를 가진 여자가 시야에 들어왔으니 입에서 절로 소리가 났다.

하지만 그 순간은 매우 짧았다.

황홀한 미모를 가진 여인의 바로 뒤를 좇아 들어오는 한 사내를 봤기 때문이다.

날카로운 인상의 가면을 뒤집어쓴 듯 무표정한 남자는 멕기스가 잘 아는 얼굴이었다.

'젠장! 오늘 일진이 왜 이러냐? 찬바람이 양쪽 뺨을 때리다니!'

미인과 함께 들어선 자는 시르포 아톤이다. 얼음의 집행자 케이온이 내근 위주의 특무대원 중에서 유명한 한풍(寒風)이라면, 얼음의 칼 시르포는 외근 위주의 특무대원 중에서 적을 몸서리치게 하는 한풍이었다. 특무대원들 사이에서 내외한풍(內外寒風)이라 불리는 두 인간을 한자리에서 만나게 되었으니 멕기스로서는 자신의 일진에 한탄이 절로 나올 수밖에 없었던 것이다.

“아톤 경, 정말 오랜만입니다.”

웃는 얼굴에 침 못 뱉는다고, 멕기스는 일단 친절과 미소로 무장해 시르포에게 인사를 건넸다.

“케이온은?”

시르포와 케이온의 직급은 같다. 케이온이 초고속 승진을 했기 때문이다.

하지만 시르포의 경력이 한참이나 위인만큼 편하게 이름을 부르는 것이다.

‘젠장! 3년 만에 본 부하의 인사조차 씹냐?’

이놈이나 저놈이나…… 하는 생각 속에서도 멕기스는 미소를 잃지 않았다.

“집무실에 계십니다.”

휙!

대답을 듣자마자 시르포는 멕기스를 없는 사람 취급하듯 스쳐 지나갔다. 절로 일어난 바람에 멕기스는 한차례 몸을 부르르 떨었다. 정나미 떨어지는 인간 탓에 평소라면 넋을 잃고 쳐다봤을 미녀에게도 좀처럼 시선이 가지 않았다.

똑똑.

제아무리 시르포라지만 동급자의 집무실에 노크도 없이 들어갈 수는 없는 모양이었다.

'얼음덩이들끼리는 서로 인정을 하는 모양이지?'

하긴 누군가 무례하게 들이닥친다면 가만히 있을 케이온이 아니기도 했다.

"들어오시오."

안쪽에서 들려오는 냉랭한 목소리.

시르포와 미인은 곧 케이온의 집무실로 들어갔다.

'얼음덩이 두 개가 충돌하면 어떤 일이 벌어질까?'

멕기스는 괜스레 들어가 구경을 하고픈 마음이 일었다.

하지만 곧 스스로에게 다짐하듯 고개를 가로저었다. 저 안에 들어섰다간 내외한풍이 일으키는 바람에 얼린 생선이 될지도 모른다고 생각한 것이다.

'쩝, 그러고 보니 그 미인이 불쌍해지네.'

특무대의 내외한풍에 대해 알 리 없는 아름다운 여자만 가련하게 여겨졌다.

'근데 그 여자 어디서 본 것도 같은데? 아닌가? 하긴 저 정도의 미인이라면 내가 기억 못할 리가 없지.'

멕기스는 분명 트라시아의 보석이라 칭해지는 이사벨을

본 적이 있다.

하지만 그때는 샤렌에 의해 이사벨이 변하기 전.

완전히 다른 사람으로 변해 버린 이사벨을 알아볼 수가 없었던 것이다.

3

다분히 형식적인 인사가 끝나고 세 사람 모두 자리에 앉았다. 이사벨만이 뭔지 모를 흔들림 속에서 케이온을 바라볼 뿐이었다. 조각상 같은 케이온의 출중한 외모 때문이 아니었다. 이사벨은 케이온의 얼굴에서 칼스타인의 그림자를 엿본 것이다. 차가운 인상으로 인해 극명하게 구분이 된다지만 이목구비에 유사한 점이 지나치게 많았다. 칼스타인과 형제라고 해도 쉽사리 믿겨질 정도였다.

하지만 명확히 신분이 달랐다. 얼음의 집행자 케이온은 케신 철강을 이끄는 크라슈 가의 후손이 아닌가?

칼스타인과는 일말의 연결 고리도 없는 것이다.

세상에는 닮은 사람이 많고도 많았다. 유독 그와 칼스타인이 닮아 보이는 것은 준수한 외모 때문이리라. 어쩌면 칼스타인에 대한 그리움이 사무쳐서일지도 모르는 일이었다.

"보고는 받았겠지, 케이온?"

"방금 전에 보고서를 받았습니다."

시르포의 질문을 받은 케이온의 표정에는 변화가 없었다.

하지만 내심은 달랐다. 메르타 가에 머문다는 북부인이 누군지 알고 있는 그였기 때문이다.

"자네 의견을 듣고 싶어서 찾아왔네."

"보충 자료를 더 검토해야겠지만, 기본적으로 내통의 가능성은 없다고 봐야 할 것입니다."

케이온의 말에 시르포는 쉽게 동의를 표했다. 4대성위 중 하나인 아네스가 이교도인 메르타 가와 결탁할 가능성은 지극히 낮았다.

게다가 메르타 가에서 목격된 북부인 역시 유명인이 아니었다.

이는 곧 그가 북부 연합군에 큰 영향을 끼칠 인사가 아니라는 뜻.

내통을 통해 뭔가를 도모할 여지는 희미했던 것이다.

"그렇다고 해도 여러모로 궁금하지 않을 수가 없네. 2층에서 가볍게 뛰어내려 백야의 성위와 어깨를 나란히 해 달릴 수 있을 정도로 바라카를 운용할 수 있는 자가 특무대의 리스트에 없다는 것 자체가 문제가 아니겠나?"

특무대는 오래전부터 각국의 바라카 운용자들에 대한 정보를 수집해 왔다.

"최근 들어 그와 같은 능력을 얻었을 수도 있지요."

일반적인 사고로는 하늘에서 뚝 떨어지듯 초인적인 능력

을 갖게 되었다는 사실을 수긍하기 힘들었다.

하지만 그와의 동행이 바로 홀라덴의 성위기사였다. 홀라덴이 움직였다면 특별한 축원을 통해 기적을 행사하는 게 불가능한 일만도 아닌 것이다. 기본적으로 축원을 통한 바라카의 운용이란 에너지의 증폭에 가까운 개념이기 때문이다.

"홀라덴에서 비밀리에 준비해 왔을 수도 있고 말이지."

시르포의 가정이 옳지 않다는 것을 케이온은 알고 있었다. 보고서에 의하면 메르타 가에서 뛰어 나온 북부인은 분명 샤렌이다. 붉은 머리카락에, 붉은 눈. 그것만으로도 충분했다. 그렇기에 시르포의 가정은 그르다. 동생이 예전부터 바라카를 운용했다면 자신이 몰랐을 리가 없었던 것이다.

하지만 케이온은 자신의 의견을 드러내지 않았다. 좀 더 명확하게 사태를 파악하기 전에는 샤렌에 대해 이들에게 꺼내들 필요가 없다고 판단한 것이다.

"사이브라와의 연관 가능성에 대해서는 어떻게 생각하시나요?"

이사벨이었다.

케이온은 들고 있던 펜을 책상에 내려놓았다.

"홀라덴과의 연관 말입니까?"

"어느 쪽이든 연관이 있을 가능성이 있나요?"

"기본적으로 사이브라의 도난이 있은 후, 약간의 시차를 두고 빈민 구휼에 막대한 자금이 유입되는 현상이 드러납니다."

칼스타인을 위해 사이브라를 추적하며 이사벨 역시 알게 된 사실이었다. 생각보다 악질적인 도둑이 아니라는 생각이 들 정도였다.

하지만 그녀가 훔친 순정의 하온은 곧 칼스타인의 생명이었다. 사이브라라는 도둑에 대한 도덕적 판단 이전에 무조건 순정의 하온을 회수해야만 했다.

"북부 대륙에서 가장 빈번하고 광범위한 빈민 구제 활동은 세키나 교에서 행해지고 있습니다. 자연 사이브라의 도난 이후 증가되는 자금 중 상당액은 세키나 교를 통해 구휼에 사용되고 있는 셈이지요."

"크라슈 경께서는 홀라덴이 아닌 세키나 교라고 표현을 하시는군요."

이사벨의 질문에 케이온은 고개를 끄덕였다.

"도둑질에 대해 엄하게 금하고 있는 세키나 교입니다. 세키나 교의 사제 중 일부와 관련이 있을지언정, 사이브라와의 연관을 성국 전체에 두기에는 무리가 있는 셈이지요.

"홀라덴의 사제와 연관이 있을 수도 있는 거고요?"

"세키나 교의 사제니까요."

케이온의 답변을 확인한 이사벨이 재차 질문을 던졌다.

"내통의 혐의가 없다는 결론에 무게가 실린 모양인데, 향후에도 이쪽에서 조사가 행해집니까?"

"내통의 여부를 떠나 백야의 성위가 메르타 가를 찾았다는 것은 가벼이 취급될 수 없는 사안입니다."

조사가 이어질 것이라는 뜻이었다.

"저와 함께하는 분들이 지금 24시간 메르타 가를 조사하는 중입니다."

"공조가 이뤄질 수 있도록 조치를 취하겠습니다."

"황제 폐하께서 제게 허락하신 권한으로 확실한 공조를 부탁드리겠습니다."

"특무대의 행사는 늘 한결같습니다."

공조에 이상이 생길 리 없다는 뜻.

이사벨의 도발적인 입술이 호선을 그려냈다.

"제 말씀은 정보에 관한 것입니다. 순정의 하온 회수는 트라시아의 국운이 걸린 일! 사소한 그 무엇에 관한 정보라도 누락없이 제가 전해 받을 수 있기를 바라는 것이지요."

이사벨은 강력한 대외적 명분을 가지고 있었고, 그것을 내세우기에 주저함이 없었다.

"알겠습니다."

저 유명한 얼음의 집행자 케이온의 입에서 허튼소리가 나올 리는 없을 터.

이사벨은 만족스러운 표정을 지었다.

"그럼 앞으로 잘 부탁드리겠습니다."

"황제 폐하를 위한 임무를 수행할 뿐입니다."

개인적인 당부는 불필요하다는 뜻이었다.

케이온의 그와 같은 사무적인 태도는 이사벨의 마음에 들었다. 저런 스타일이 함께 일을 하기에는 훨씬 편하다는 것을 시르포를 통해 확연히 깨달았기 때문이다.

반면 냉정한 겉모습과 달리 케이온의 머릿속은 복잡하기 짝이 없었다. 이오나 네이와의 친분에 대해서는 알고 있었지만 아네스 헤자르와의 관계에 대해서는 전혀 모른다. 엔살룸에 머물고 있다는 사실은 알고 있으나, 그 장소가 메르타 가라고는 생각지도 못했다.

거기에 더해 바라카의 운용이라니!

대체 요 몇 달 사이에 동생에게 무슨 일이 생긴 거란 말인가!

이럴 줄 알았으면 미리 샤렌에 대해 알아두었을 것이다. 평소라면 충분히 그러고도 남았을 터다.

하지만 자신을 향해 웃음을 지어주던 동생이다. 자칫 자신의 지나친 간섭이 십수 년 만에 되찾은 동생의 미소를 돌이킬 수 없는 곳으로 보내 버릴 수도 있었다. 감시를 받고 있음을 알게 된다면 샤렌이 어떻게 나올지는 불을 보듯 훤했던 것이다.

"그럼 저흰 이만……."

케이온이 복잡한 심경을 다잡을 때, 이사벨이 자리를 정리했다.

그때였다.

똑똑.

노크 후에 멕기스가 집무실로 들어섰다.

"차장님, 손님이 오셨습니다."

케이온의 표정이 굳어졌다.

"아직 접견 중인 손님과의 자리가 끝나지도 않은 게 안 보이나?"

언성을 높이진 않았으나 목소리에 실린 노기가 그야말로 한겨울에 부는 바람보다 혹독하게 느껴졌다.

하지만 평소와 달리 멕기스는 제법 당당히 버텼다. 자신의 이야기를 들으면 상황이 달라질 거라 기대하는 모양이었다.

"그게……."

꿈틀.

이미 질책을 가했음에도 물러나지 않는 멕기스의 태도에 케이온의 눈썹이 송충이처럼 꿈틀거렸다.

그 변화를 알아채지 못할 멕기스가 아니었다. 그는 행여 늦으면 큰일 난다는 듯 재빨리 뒷말을 이었다.

"찾아오신 손님이 차장님 동생분이십니다."

"……!"

『카디날 랩소디』 1부 The end.

작가 후기

글을 쓰다보면 스스로를 돌아볼 기회가 많아진다. 수많은 자문(自問)과 자답(自答)이 반복되는 동안 하나의 이야기가 완성되어 가기 때문이리라.

그와 같이 반복되는 과정 속에서 하나의 두려움이 마음속에 자리 잡았다. 내게 묻는 것들과 내가 답하는 것들이 어느 지점에서 머물러 반복되고 있을지 모른다는 염려가 바로 그 두려움의 정체였다.

이에 필사적으로 몸부림을 쳤다. 아니, 그래야만 했다. 아마도 글을 쓰는 사람이 어딘가에 머물러 버리는 것이 최악이라 여겨왔다. 새로운 꿈을 꿀 수 없는 글쟁이에게 남는 게 무엇인지 알지 못했기에 더욱 그랬다.

카디날 랩소디는 그런 몸부림의 소산이라 봐야할 것이다.

아직은 끝나지 않은 이야기지만 지금까지만으로도 이 글은 내게 있어 큰 의미가 되어 주었다. 옳았던, 그르던, 한 곳에 멈추지 않고 어디론가 나아가고 있는 내 자신을 볼 수 있었기 때문이다.

그 계기를 허락해 주신 청어람 출판사 사장님 이하 직원분들께 감사의 말씀을 전해야겠다.

한결 같은 마음으로 카디날 랩소디를 응원해 주신 독자님들께는 2부에 이어지는 이야기로 감사의 말씀을 대신하고자 한다.

이 기약이 보다 많은 분들께 작게마나 즐거움과 행복이 될 수 있기를 소망하며, 최대한 빠른 시일 내에 나머지 이야기를 풀어 놓을 수 있기를 또 소망해 본다.

저작권 보호!!

장르문학의 성장에 힘이 되어주십시오.

저작물의 무단 전재와 복제, 불법 다운로드!
이것은 관심이 아니라 무관심입니다!

작가님들은 창의적 열정과 시간을 투자해 자신의 꿈과 생계를 유지합니다.
한 권의 책을 만들어 많은 사람들은 자신의 인생과 미래를 설계합니다.

저작물 속에는 여러 사람의 노력과 희망이
담겨 있습니다!

저작물의 무단 전재와 복제, 불법 다운로드는 여러 사람들의 꿈과 생계를
위협함으로써 장르문학을 심각한 상황에 빠뜨리고 있습니다.

이제는 무관심이 아니라 관심으로 장르문학의
성장에 힘이 되어주세요.

[도서출판 **청어람**은 항시적인 저작권 보호를 통해 장르문학과
여러분의 희망을 지키겠습니다.]

저작물의 무단 전재와 복제, 불법 다운로드는 법률에 의해 처벌받을 수 있습니다.

저작권법 제97조의5 (권리의 침해죄)
저작재산권 그 밖의 이 법에 의하여 보호되는 재산적 권리(제73조의 4의 규정에 의한 권리를 제외한다)를 복제 · 공연 · 방송 · 전시 · 전송 · 배포 · 2차적 저작물 작성의 방법으로 침해한 자는 5년 이하의 징역 또는 5천만 원 이하의 벌금에 처하거나 이를 병과(동시에 두 가지 이상의 형벌을 지우는 일)할 수 있다.

도서출판 청어람

운룡쟁천

雲龍爭天

조돈형 新무협 판타지 소설

『궁귀검신 1.2부』, 『운한소회』, 『마도십병』의
작가 조돈형!!
새로운 무림 최강의 전설이 도래하다!!
운룡쟁천(雲龍爭天)!!

팔룡전설의 기재 팔 인(八人)의 등장으로 들썩이는 천하(天下)!!
그러나 여기 진정한 전설이 눈뜨려 하고 있으니!!
그가 무림에 모습을 드러내는 날, 새로운 전설이 탄생할 것이다!!
온 무림이 숨죽이며 기다리던 도극성의 무림행!
이제 시작이다! 나를 막을 자, 그 누구냐!

유행이 아닌 자유추구 -
WWW.chungeoram.com

Book Publishing CHUNGEORAM

태룡전
김강현
新무협 판타지 소설
『마신』, 『뇌신』에 이은
작가 김강현의 또 하나의 대작!!
『태룡전』
내가 이곳 미고현에 위치한 천망칠십오대에
온 지도 벌써 두 달이 넘었거든.
그런데 아직도 이해하지 못한 일이 하나 있어.
그게 뭐냐고? 우리 대주 말이야.
우리 대주님이 가장 좋아하는 게 뭔지 아나?
바로 침상에서 좌우로 데굴데굴 굴러다니는 거야.
그다음으로 좋아하는 게 그렇게 뒹굴다 잠드는 거고…….
나려타곤(懶驢打滾)!
더도 덜도 아닌 딱 우리 대주님을 지칭하는 말일세.
천망칠십오대 대주 단유강!!
격동의 무림은 그에게 휴식을 허락하지 않는다.
단유강, 그의 일보가 천하를 떨쳐 울린다!
유행이 아닌 자유추구 -
WWW.chungeoram.com
Book Publishing CHUNGEORAM

閻王眞武
염왕진무
김석진 新무협 판타지 소설
"그, 그럼 어디서 오셨습니까?"
무심하게 고개를 돌리며 진무가 속삭이듯 말했다.
……지옥에서.
인간이라면 절대 익힐 수 없다는 강호삼대불가득!
그것에 얽힌 비사를 풀기 위해 그가 강호로 나섰다!
피처럼 붉은 무적의 강기, 혼돈혈애를 전신에 두르고
수라격체술과 염왕보로 천하를 질타하는 쾌남아, 진무!
염왕의 진실한 무학을 발현하여 무림삼패세와 고금십대천병을
이겨내고 속세의 악업을 심판하는 진정한 염왕이 되어라!
이제 강호는 진무의
일거수일투족에 열광한다!
유행이 아닌 자유추구 -
WWW.chungeoram.com
Book Publishing CHUNGEORAM

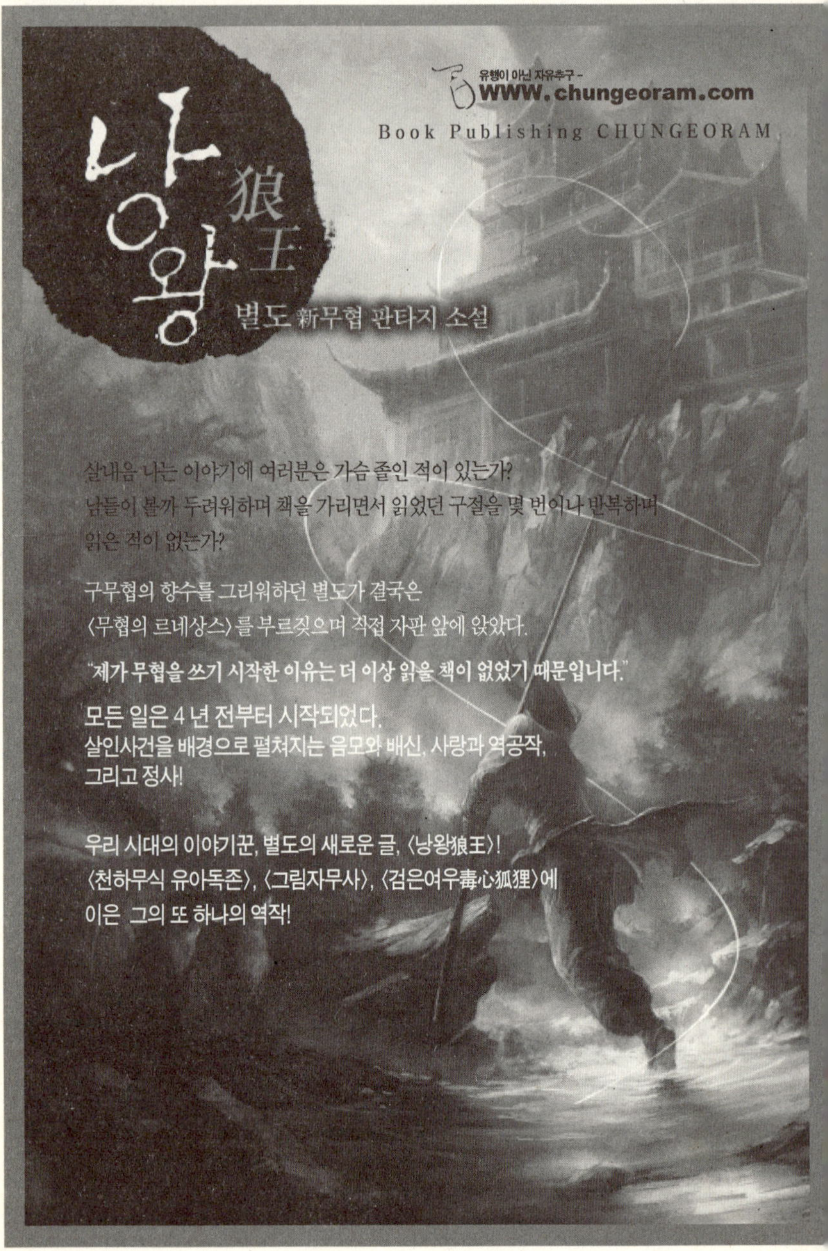
유행이 아닌 자유추구 -
WWW.chungeoram.com
Book Publishing CHUNGEORAM
낭왕
狼王
별도 新무협 판타지 소설
살내음 나는 이야기에 여러분은 가슴 졸인 적이 있는가?
남들이 볼까 두려워하며 책을 가리면서 읽었던 구절을 몇 번이나 반복하며
읽은 적이 없는가?
구무협의 향수를 그리워하던 별도가 결국은
〈무협의 르네상스〉를 부르짖으며 직접 자판 앞에 앉았다.
"제가 무협을 쓰기 시작한 이유는 더 이상 읽을 책이 없었기 때문입니다."
모든 일은 4 년 전부터 시작되었다.
살인사건을 배경으로 펼쳐지는 음모와 배신, 사랑과 역공작,
그리고 정사!
우리 시대의 이야기꾼, 별도의 새로운 글, 〈낭왕狼王〉!
〈천하무식 유아독존〉, 〈그림자무사〉, 〈검은여우毒心狐狸〉에
이은 그의 또 하나의 역작!